父母之爱，
儿女之孝，
人间大爱，
成功家教。
《天下父母》演绎人间至爱真情，
弘扬中华民族的传统美德。
一个个真实的故事，
感人肺腑，
催人泪下；
高尚可贵的人间亲情，
像火种，
点亮每一位读者心中的爱之灯……

总 主 编　韩国强　祝丽华
总 策 划　刘东杰
副总主编　陈英南　刘大伟
本册主编　吕明晰
本册副主编　陈　沛　张茂聪
编写人员　（以姓氏笔画为序）
王建平　王　洁　卢松波　吕明晰
吕　琳　刘　雯　刘　晖　孙立军
孙华超　陈　沛　邱长海　何　琳
张　雷　张　晋　李秀伟　李德花
邹珊珊　吴　雷　孟广征　房雪冰
林　静　逄海燕　姜良巨　胡　伟
凌　寒　徐　昕　韩　莹
责任编辑　房小军
美术设计　革　丽
封面绘画　尹延新
摄　　影　吕明晰　施晓亮　陈　沛
校　　对　黄贻生

天下父母丛书

总主编/韩国强/祝丽华

父慈母爱

主　编/吕明晰

副主编/陈　沛/张茂聪

山东教育出版社

图书在版编目（CIP）数据

父慈母爱 / 吕明晰 主编. —济南：山东教育出版社，2010（2016 重印）
（天下父母 / 韩国强，祝丽华主编）
ISBN 978-7-5328-6671-7

Ⅰ. ①父… Ⅱ. ①吕… Ⅲ. ①故事—作品集—中国—当代 Ⅳ. ① I247.8

中国版本图书馆 CIP 数据核字（2010）第 040112 号

天下父母丛书
父慈母爱

总主编：韩国强　祝丽华
主　编：吕明晰

主　　管：山东出版传媒股份有限公司
出 版 者：山东教育出版社
（济南市纬一路 321 号　邮编：250001）
电　　话：（0531）82092664　传真：（0531）82092625
网　　址：http://www.sjs.com.cn
发 行 者：山东教育出版社
印　　刷：山东新华印务有限责任公司
版　　次：2016 年 2 月第 1 版第 4 次印刷
规　　格：787mm × 1092mm　1/16
印　　张：14.5 印张
书　　号：ISBN 978-7-5328-6671-7
定　　价：28.00 元

（如印装质量有问题，请与印刷厂联系调换）
电话：0531-82079112

总序

山东是儒家文化的发祥地，在这片土地上涌现出多少可歌可泣的敬老孝亲故事。子曰：“夫孝，德之本也，教之所由生也。”父慈母爱、子孝女敬是社会和谐的基础，是我们应当大力弘扬的基本社会伦理道德。

改革开放以来，我国在物质文明和精神文明建设方面取得的巨大成就有目共睹。然而，在社会发展的过程中，许多优秀的传统文化被边缘化了，消费文化、网络文化等占据了主流。家庭、学校、社会道德教育又没有及时跟进，加之在独生子女教育等问题上我们还没有形成系统有效的理论和做法，由此造成了部分青少年价值观的失落、亲情孝道精神的缺失。“染于苍则苍，染于黄则黄。所入者变，其色易变。”如何为社会创造一个良好的呵护亲情、感恩社会的环境，理应成为当前思想教育工作必须高度关注的一个问题。

埋怨和找借口是没有意义的。今天，当家长把更多的责任推诿于学校时，当教师因学生的不良习惯而对其家庭表示不满时，我们其实忽略了一个共同的问题：孩子的成长是受许多综合因素影响的。家庭教育、学校教育和社会教育没有轻重之分，只是侧重点不同而已，这就是说，孩子的发展应当是多维的，家庭、学校、社会三方合作是实现孩子健康成长的条件。

科学发展观是中国特色社会主义理论体系的最新成果，是发展中国特色社会主义必须坚持和贯彻的重大战略思想。科学发展观强调以人为本发展、全面协调发展、可持续发展，这是当前国家社会发展的基本理论，是实现经济、政治、文化和社会“四位一体”发展的基本理论，进而构建具有和谐意蕴的社会形态。每一个人、每一个家庭都是构成和谐社会的重要因素。基础是什么呢？子曰：“弟子入则孝，出则弟，谨而信，泛爱众，而亲仁。行有余力，则学文。”可见，在孔子看来，孝悌为先，学文还是退居其次的。其实，一部《孝经》早已说出了中华传统美德之本。对于孩子来说，常怀感恩之心是最重要的。而对于成年人来说，在我们日益为所谓“地球村”让世界人民可以更加接近而感到欣慰的时候，这个流动的世界却把我们的心匆忙地分开了。所谓的“忠孝”，很多时候也只能在人们的心中默默留存。很多人会把对社会的责任、对事业的执著当做是一种忠诚，而对工作、对人生的负责也可以算做对父母孝道的一种延伸。所以，既能做到对父母的孝，又能做到对事业、对国家的忠，这是自古以来许许多多善良的人最高的人生追求。

山东电视台的《天下父母》节目开播5年来，通过真实生动的故事和嘉宾访谈，引起无数观众的强烈共鸣，感动了许许多多的家庭，在社会上产生了巨大反响。2009年3月22日，中宣部刘云山部长到山东电视台观看了《天下父母》节目后，给予其充分的肯定，并指示一定要坚持做下去。

《天下父母》丛书从200多期节目中精选了98个最为感人、最为精彩的典型事例作为蓝本，进行更加深入的挖掘和再创作，由名家为每一篇真情故事撰写精彩的导语，由教育专家对每个事例所蕴含的思想及启迪意义给予精辟的点评与解读，进一步凸显了这些真情故事的精神内涵，是一套启迪智慧、点燃真情的好教材。

《天下父母》丛书所讲述的一个个孝敬父母、爱护子女、关爱他人的动人事例，必定会给人们一种心灵的震撼，一种灵魂的净化，一种情操的洗礼，一种道德的升华。

是为序。愿与大家共勉。

李宝库

（序者为中国老龄事业发展基金会会长、
全国敬老爱老助老主题活动组委会主任）

前言

世上最令你魂牵梦绕的人是谁？是父亲，母亲。

世上最无私最纯粹的情是什么？是父爱，母爱。

父亲母亲，大德大恩：育我以乳，教我以身；感我以情，爱我以心。古语云："父母恩德，无量无边"。古人尚且如此，何况今人。

黄昏的村头，白发苍苍的母亲凝眉眺望，那是在祈盼迟归的游子……

悠悠的摇篮，年轻的妈妈浅声吟唱，那是在抚慰啼哭的婴孩……

煌煌烈日下，黝黑的父亲在挥汗如雨，那是在为求学的儿女积攒书费……

萧萧雨夜里，挑灯夜织的手，布满老茧一层层！

可怜天下父母心！他们，为儿女付出的，又何止是一份无言的辛累！

所有慈母手中的线都是绵长的，所有严父眼里的泪都是滚烫的！

所谓血浓于水，又所谓骨肉相连。鸦知反哺，羊能跪乳；人间正道，孝道为先。

亲情、慈孝，父爱、母爱。人类永恒的情感主题！

山东乃孔孟之乡，礼仪之邦。传达民意，布洒亲情是我们责无旁贷的使命和责任；擎道义大旗，扬传统美德；怀一腔热忱，唱人间真情。顺天下民意，应时代大潮，披肝沥胆，精心打造，隆重推出《父慈母爱》，并将以生动、优美的文字，用跌宕、婉转的故事，向广大读者朋友展开动人的画卷！向全世界的炎黄子孙咏唱亲情的颂歌！

愿天下儿女，都能感恩天下父母！

愿天下父母爱的阳光撒满人间！

凌寒　吕明晰

目录

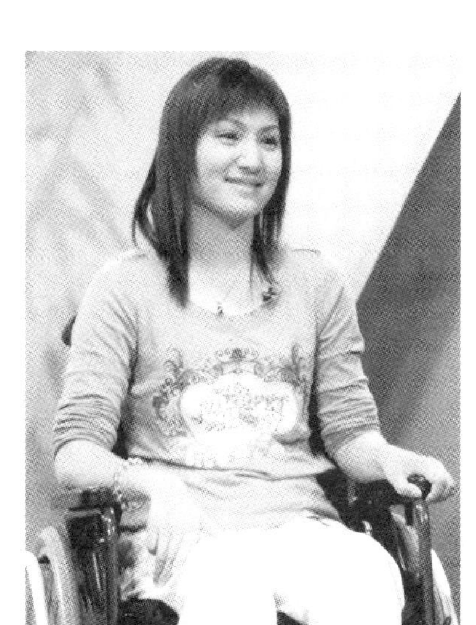

我要站起来

她曾是湖南卫视的当家花旦。然而，事业红火的她突然被病魔从天堂击到地狱。在父母爱的呵护下，轮椅上的她再次拥有了灿烂的笑容，重新燃起生命之火。是的，她还能做很多事情，最重要的是，她能帮助别人。她也因此而获得2006年度全球热爱生命奖。

当梁艺坐着轮椅来到《天下父母》演播厅时，距离她获得2006年度全球热爱生命奖仅仅几十个小时。实际上，她是从台湾赶回北京做我们的节目的。这个奖杯有两个特别之处，一是它的结构层层曲折，许多抽象的图形结合在一起，就有了多重的意义：象征勇气与毅力，象征克服重重艰难成为生命的勇士，又代表着舍己救人、友爱，将生命的光辉与热情散发给人间。第二个特别之处就是奖杯特别的重，有20多公斤重！以梁艺现在的身体状态，她根本拿不动。

梁艺是在爸爸妈妈的陪伴下来到演播室的。

看到她如花的笑颜，听着她清脆悦耳的歌声，我们不能想象她所经历过的恶梦般的一切，而无时不在伴随她的轮椅又残酷地提醒我们，这一切都是真的。只不过，那场突如其来的病魔，现在已经被梁艺灿烂的笑容给驱赶得无影无踪了。

一场突如其来的疾病，
让她从红火的人生跌入低谷

漂亮女孩梁艺与山东卫视是有着很深渊源的。2001年7月，正值豆蔻年华的她从北京广播学院毕业之后，实习的第一个栏目就是山东卫视的《文化传真》。非常巧合的是，当年《文化传真》的制片人吕明晰，也就是今天《天下父母》的制片人。梁艺见到她参加工作后的第一个老师，心中交织着更多的感激、感慨和感动。当她回忆不堪回首的那些日日夜夜时，也就更加动情。

离开山东卫视后，梁艺回到老家湖南发展。她独具一格的主持很快得到了观众的认可，被称为“都市频道的当家花旦”，而且是“星途光芒”，前途无量。按时髦的说法，她被划入“新新人类”，“新新代主持人”。然而，正当她和她的追随者都期望她一天天辉煌的时候，病魔却已经悄然逼近。

毫无疑问，对于那天的情形，梁艺的记忆是刻骨铭心的。

2001年9月22日，是梁艺永远的痛！那一阵她特别的忙碌。节目一个接着一个。这天上午，她匆匆来到化妆室。一切都按程序进行。最后一道程序是抹唇彩。她忙中偷闲地地瞄了一眼旁边的钟，还好，时间还来得及。可是就在这个时候，她的身体开始出现了异常的反应。首先是左臂，又有了与昨晚如出一辙的症状，从手腕开始一直到背，抽搐、像针扎一般疼痛。她强忍着，希望像昨天晚上一样这疼痛会很快消失。然而，她突然就感到后背一阵剧烈的疼痛，在短短的几分钟之内，脖子以下都失去知觉，身体一下子失去了支撑，全身瘫痪。只有大脑还有意识。在那一瞬间，她好像看到了死神的脚步向她逼近……

同事们全被惊呆了。清醒过来，大家以最快的速度，开车送梁艺去医院。在同事们的怀里，一息尚存的梁艺感到胸口像压着一块巨石，令她喘不过气来，她本能地用极微弱的声音对司机说：

"救命，快救救我……"

老天竟然如此的不公。梁艺得的是罕见的危重病——脊椎血管瘤破裂！随时都有生命危险。医生在当天就给下好了四张病危通知单，当天晚上，梁艺的父母亲、所有的同事和领导，都守在的她病床前，所有的人都以为她熬不过那一晚。

妈妈扶着墙挣扎着往外走，昏倒在走廊里

梁妈妈清楚地记得，女儿发病的那一天是星期六。上午9点，梁妈妈正在家里做事，突然，外出钓鱼的丈夫面色苍白、急急忙忙跑回家："快点、快点！"梁妈妈吃惊地看着丈夫问："快点？快点干什么呀？"

"梁艺病了！"

仿佛是晴天霹雳，梁妈妈马上把手里的活放下，与丈夫跑到公路上拦了一辆车，叮嘱司机师傅以最快的速度往长沙赶。从娄底到长沙有几百公里。老两口心急火燎地赶路，而每隔几分钟，梁爸爸的手机就响一次，这是梁艺的同事打来的电话，报告梁艺病情危重。只要丈夫的手机一响，梁妈妈的心里就像刀割一样。她心里反复地闪过一个不祥的念头：女儿还活着吗？女儿还活着吗？

三个多小时的狂奔，梁妈妈和丈夫赶到了长沙的医院。他们看到女儿还活着，但是也只剩了最后一口气。看到妈妈，梁艺眼中闪过一丝惊喜，随即用尽全身的力气，发出的声音却是细微到梁妈妈勉强能听见："妈妈，我的手和脚都不能动了。"

梁妈妈头脑中一片空白。她知道女儿的病非常严重，只觉得天旋地转，马上就要坚持不住了，但她还是强笑着安慰女儿说："没事儿的，好女儿，听话。"这话是怎么说完的，她已经记不得了，唯一的想法就是不能倒在女儿面前。梁妈妈用了全身的力气站起身，扶着墙壁，踉踉跄跄往外跑，刚走到走廊上，就昏过去了。

梁妈妈在18天中体重掉了18斤

毕竟，梁艺还年轻，年轻的生命是顽强的。死神与她擦肩而过，但死神并没有轻易地远离她。命悬一线的梁艺开始高烧，这一烧竟然连续烧了38天！她脖子以下都不能动、都没有知觉，大小便失禁，但头脑却非常地清醒。这更增加了她的痛苦。梁艺生不如死，但她却连自杀的力气都没有了。

但是，梁妈妈的痛苦，比梁艺更甚！

医生把真相告诉了梁妈妈，说梁艺如果能保住命，就已经是奇迹，要恢复肢体的知觉和功能，几乎是不可能的。也就是说，梁艺即使侥幸活下来，也只能是躺在病床上，至多是在轮椅上。医生的话还没说完，梁妈妈扑通一声就给医生跪下了。她双手紧紧抱住医生的腿说："大夫，你不能这么说！我女儿一定能好！我求求你，一定要想尽千方百计把我女儿治好！"梁妈妈的哭求感动了医生，但医生还是不能保证能治好梁艺。毕竟，科学的结论是严酷的。

作为母亲，梁妈妈的痛苦不言而喻。然而面对女儿，她还必须始终露出笑脸，必须掩盖真相以鼓励女儿配合治疗。背后以泪洗面、转过身来却要强露笑颜，这，也许只有母亲才能做到。

在最初的那些日子里，梁妈妈的体重每天掉1斤，18天中居然瘦了18斤！

18斤啊！一个人，总共能有几个18斤？那是母亲的心血在为女儿流淌，那是母亲的生命在为女儿燃烧。

大夫，我什么时候能出院？还有许多节目等着我去做呢

虽然脖子以下没有知觉、不能动，但梁艺对于自己的病情和糟糕的后果一点儿也不知晓。所有的人都瞒着她。所以，当一个又一个专家来为她会诊时，她总是天真地对大夫说："大夫，我什么时候能好？还有好多节目等我去做呢！"会诊的专家当然是慈祥地微笑着，劝慰她、说一些鼓励的话，这更增加了她早日回到演播室的信心。

一位要好的朋友来看望她时，无意中透露了真相。

这位朋友来时，带来了一本刚刚出版的《湖南广播电视报》，头版有一篇文章是写梁艺的，题目就是《梁艺：等我回来》。朋友在路

上看到这份报纸刊登了鼓励梁艺的文章，题目又是这样的鼓舞人心，就兴冲冲买了一份，来读给梁艺听，本意当然是鼓励梁艺。文章开头就写道："9月22号，湖南电视台都市频道当家花旦梁艺在录节目的过程当中突发疾病，脖子以下失去知觉，……"念到这里，朋友的声音突然有些迟疑，神色也有些慌张，支支吾吾岔开了话题。偏偏梁艺见了老朋友非常兴奋，头脑特别清醒，立刻就预感到这里有问题，就逼着朋友给按原文念出来。朋友被逼不过，又实在念不出来，就把报纸拿给梁艺，让她自己看。当梁艺看到上面清清楚楚地写着"……医生说，最好的结果也是高位截瘫，完全恢复的概率非常非常小，除非有奇迹发生"时，她的眼泪再也止不住地流下来。那一瞬间她明白，自己这一辈子就这么完了。梁艺头脑一片空白。她的情绪坏到了极点。全身的功能就只剩下了哭泣。天天以泪洗面。只要是有朋友和同事来看望她，她就会哭鼻子。平时，她也会经常无端地看着某个地方，悄悄流泪。整整两年的时间，她把自己囚禁在医院里，不愿意走出去，甚至到后来可以坐轮椅了，她也不让父母亲推着她出去晒太阳。她甚至把手机号码都换掉了，断绝了跟外界的联系。她不无天真和赌气地想，如果好不了，就谁也不见；如果还有一天可以站起来、可以好起来，则要以一个最亮丽的形象跟朋友们见面。

毕竟，她是一个漂亮的女孩子！她有权力这样想。

爸爸妈妈为女儿
支撑着每一寸生命

当梁艺病情渐渐稳定之后，大夫告诉梁妈妈梁爸爸，截瘫病人需要特殊的照顾，最重要的就是帮助病人翻身、擦洗和按摩。比如，脚长期不走路就容易变形，肌肉长期不活动就会萎缩，所以要不断地给她做按摩；翻身则是为了避免起褥疮。特别是热天，两个小时必须给她翻一次身。

其实，哪里要两个小时！梁妈妈和梁爸爸一人一个小凳子，坐在梁艺的两边，不断地为她按摩，隔一小会儿就帮女儿翻一次身。梁艺是能说话的。她对妈妈说："妈妈，我全身就像一万只蚂蚁在那里爬！"听了这话，梁妈妈和梁爸爸就更起劲地为女儿按摩，期望能减轻女儿的痛苦。白天是这样，晚上也是这样。实在坚持不住了，两个人就有一个眯眯眼打个盹儿，另一个则不停地为女儿按摩、翻身。这样一停不停地为女儿操劳，日以继夜、夜以继日，一连两个多月，夫妻俩一刻也不敢松懈。他们不敢停下、更不敢离开，因为他们怕一离开就再也见不到亲爱的女儿了。

梁妈妈特别清楚地记得第一次为女儿翻身时的状况，女儿全身的肌肉一点弹性都没有，就像河里的大石头，硬硬的。每次给女儿翻身，梁妈妈的眼眶里都含满了泪水，但是她强忍着泪水，生怕女儿看见了难受。给女儿翻过身，梁妈妈马上跑到厕所里去大哭一场，哭完，她使劲把眼泪擦干。有几次梁艺问："妈妈你在哭啊？"

"没有。"

"你的眼睛怎么红红的？"

"刚才刮大风了，沙子刮眼睛里去了。"

瘫痪病人没有知觉，给病人擦洗时，病人根本感觉不到水的冷热，但皮肤却还是活的，如果水温过高，就会发生烫伤，而对于瘫痪病人来说，任何一点点烫伤，都会产生很严重的后果。梁妈妈有一个绝招，就是自己先试一下，不是伸进手去一试，而是让手在水中至少呆一分钟，在给女儿擦身、洗脚、洗脸、洗手之前，还要再在自己相应的部位试一下，必须是自己感觉最舒服的温度，才给女儿用。甚至连睡觉的睡姿，如何躺最舒服，过一会儿再改成什么样的姿势，都是梁妈妈根据自己在病床上试验的结果而定。她说，女儿虽然没有知觉，但她

还是有意识的，就应当按最舒服的姿势睡觉、翻身、伸腿、缩胳膊。在父母亲的精心照顾下，梁艺从病倒至今，从来没有长过褥疮，从来没有烫伤过皮肤，全身的肌肉也没有任何一处发生萎缩。

帮助女儿重新鼓起生命的风帆

如果说，梁妈妈和梁爸爸对女儿身体的照顾是无微不至的话，使女儿艰难而缓慢的康复成为可能，那么，他们对女儿精神上的鼓励更为重要。如果一个人精神垮掉了，那这个人的肌体再健全也还是废人。

梁艺获悉病情真相后，情绪长时期极度沮丧。梁妈妈想尽一切办法让女儿鼓起生活的勇气。她为女儿做最爱吃的饭菜，从言语上鼓励女儿，给女儿买来她最喜欢的书看，还找到梁艺的通讯录，偷偷给梁艺的朋友们打电话，请他们过来安慰女儿。

在做这一切的时候，梁妈妈心里比女儿还难过，每天都在受煎熬。但面对女儿，她还必须得装出一副笑脸，来鼓励女儿。有一次女儿对她说："妈妈，我连自杀的能力都没有了，我还活着干什么？"梁妈妈说："万一治不好，也照样能活出价值，像张海迪、戴碧茹，他们不是很好地活着嘛。"

在那些日子里，梁妈妈把她的坚强发挥到极致，来影响女儿、鼓励女儿。

尽管也非常地痛苦，但梁妈妈心中有一个不灭的信念：女儿是有希望的，女儿总有站起来的那一天。有一次，她看到一篇文章:《梁艺也许你就是奇迹》，她如获至宝，立即拿回来读给女儿听，而且她想，女儿一定有希望，不是也许，而是一定是奇迹。她把自己的信念不断地灌输给女儿，用美好的憧憬引导女儿，让女儿坚信一定还

会有重返舞台的那一天。

在父母亲的鼓励下，在朋友的鼓舞下，在艺术界包括姜昆在内的许多明星大腕的感召下，梁艺一步步走出了阴影。

漫漫康复路，父母亲手把手、脚把脚地帮女儿练习“走路”

现在，每天上午8点，梁艺都会在父母的陪伴下来到北京宣武医院做康复治疗。一年365天，无论刮风下雨，天天如此。

自从上肢的知觉和活动功能在锻炼中慢慢恢复后，梁艺现在主要依靠走步机来锻炼下肢功能。虽然目前她可以在爸妈的扶助下站起来，但整个下身像灌了铅似的沉重。在锻炼时，上面要吊上解重带，下面要爸妈一边一人扶助她“走路”。当需要梁艺“下肢发力”时，梁爸爸和梁妈妈就提拉梁艺的鞋带，让梁艺能抬脚、迈步。整个锻炼过程，三个人缺一不可。锻炼结束时，三个人的衣服都被汗水湿透了，很难说到底谁最辛苦。

梁艺是2004年来到北京的。这年的4月份，她接到了凌锋大夫的电话。电话中凌大夫亲切地叫着梁艺的小名：“球球，你现在恢复怎么样了？”梁艺说：“现在手有进步，但是腿一直没有太大进步。”凌大夫说：“这样吧，你过来，你到宣武医院来。这里有海若姐姐，还有很多的康复大夫，帮助你更快、更科学、更好地恢复。”

尽管家中非常困难，但为了女儿，梁爸爸和梁妈妈还是筹了几万块钱，与女儿一块来到北京宣武医院。在这里，热心的凌大夫把梁艺认作干女儿，给梁艺介绍了很多的病友，还带梁艺走出去跟别人交往。生活中很多的爱，帮助梁艺真正地从阴影走了出来。

走出阴影，
阳光依然灿烂

梁艺能获得2006年度全球热爱生命奖杯，与她在台湾出版的《我要站起来》有相当的关系。而说到写书，就不能不说到写字。当初，是妈妈从教她拿梳子梳头（实际上是梁妈妈拿着女儿的手为女儿梳头）、握小药瓶、按手机号开始训练女儿的手功能的。后来，梁妈妈又建议女儿写日记。女儿坐不起来，梁妈妈就设计了特殊的工具，让女儿躺着也能很舒服地写字。

一切的转变，根本在于观念的转变。当梁艺重新树立起生活的希望、决心战胜病魔、实现自己的人生价值时，一个全新的梁艺就诞生了。她通过热线电话、个人网站、博客等多种形式，以自己的亲身经历和人生感悟，帮助一个个对生活绝望的人重新树立起生的希望。

能帮助人，被人需要，是一种幸福。而梁艺念念不忘的，却是朋友帮助她走出阴影的一个个故事。她说：2003年的国庆节，当时她的情绪还不是很好，还处于封闭状态，她的一个中学的好朋友从广东回家，得知梁艺的情绪之后，就一定要把梁艺拉到湖南长沙黄兴路去玩。黄兴路是长沙最繁华的商业步行街，相当于北京的王府井。老朋友推着轮椅，还大声唱歌，故意引起路人的注意，有观众认出了轮椅上坐着的，正是当年走红的女主持人。梁艺非常尴尬，恨不得把头钻进地里去。但令她始料不及的是，她看到了一种非常友善的眼光。就在那一瞬间，她冰封的心灵敞开了。后来她的情绪就逐渐地转好了。2004年来到北京之后，很多的朋友关心她，姜昆等人还为她搞了一个很大的慈善募捐会。这使得梁艺越来越有一种紧迫感，不能等到以后来做事。她觉得自己不能虚度年华，不能够白来人间一场，她要追求自己的人生价值，追求人生的光芒。

梁艺感到，自己真的可以见阳光了，或者说，可以在阳光下笑了。

于是她开始自学心理学，并在网站做博客，还做了一个个人网站，在博客上，她每天都通过自己的生活感受与众多的网友互动，在帮助许多人解除困惑的同时，她也感受到了交流的快乐、助人为乐的幸福。很多的病友通过网络知道她的事迹之后，都把梁艺当作榜样。梁艺说，其实自己并没有那么神。在交流中，她也从网友那里学到很多东西，得到很多的启发。

我希望能够有机会再重回舞台，做主持人

和这个年龄所有的女孩一样，梁艺也有许多美好的梦想。

首先，她希望能够有机会再重回舞台，做主持人。因为有了这样一次特殊的经历，她希望有一档关注弱势群体的谈话栏目。第二个心愿是把《我要站起来》印成大陆的简体字版，跟更多的朋友来分享。第三个梦想是希望成立一个爱心基金会，通过自己的努力帮助更多需要帮助的人。

而梁妈妈则希望能有一位很有文化素质、特别有爱心、有勇气的男士，来照顾梁艺一生。她说，我今年已经54岁了，身体也一年不比一年了。

这个愿望说到底还是希望女儿幸福。

我们衷心祝愿梁艺所有的梦想成真。祝愿梁妈妈如愿以偿。祝好人一生平安。

感悟与思考

一个不懂得感恩的人，是没有希望的人；一个不懂得感恩的民族，是没有希望的民族。

故事主人公梁艺最后能够“重新树立起生活的希望、决心战胜病魔、实现自己的人生价值”，除了自己坚强的毅力和对美好生活的孜孜追求外，更多是来自父母的无微不至的关爱、周围朋友的慰藉和亲友的得力相助。从梁艺的故事中，我们读懂了什么是人间大爱。在梁艺重新树立起生活的希望和信心的整个过程中，支撑她的主要力量恐怕就是父母无私而博大的爱以及朋友的关爱，是时刻萦绕在梁艺身边的那股浓浓的亲情和友情。在故事背后，我们最应该反思的恐怕是如何正确认识“感恩”、如何“感恩”和如何实施感恩的教育。

“感恩”是一种生活态度、品德，更是一种责任。

感恩意识是协调人际关系、维系社会和谐运转的“润滑剂”。

实施感恩教育是家长、学校和社会的共同责任。

感恩教育要想真正取得成效需要我们的教育者乃至整个社会逐渐树立起真正基于民主、平等理念的价值观，重新树立新的伦理观，重新审视人与人之间的关系。

梁艺的故事让我们懂得，感恩不仅是一种生活态度、情感，也是一种人生境界，更是一种沉甸甸的责任，对父母、朋友和社会永怀感恩之心，才能拥有同样的情感回报。

在日常生活的点点滴滴中，你是否正在体验被爱的感觉？又是采取何种方式回馈这种爱的？

让我喊你一声爸爸

如花的女儿突患白血病。父亲变卖了房子凑得的钱也只是杯水车薪。无奈之下，父亲决定自己找草药救治女儿。他踏千山、尝百草，历尽艰辛、九死一生。女儿懂事、顽强，体谅父亲的她不愿拖累家里。面对捐助的汇款单，她坚持给每个人回信。即使病重不能回，也嘱咐爸爸一定回复。女儿走后，父女俩的真情大爱感动了无数年轻人，他们愿意代替女儿，叫他一声：爸爸。

一纸诊书断人肠

2002年4月4日，对于福建省南平市的应国荣来说，天塌了——他正在读初二的女儿应晖，患上了急性白血病！

急性白血病不仅医疗费极高，而且病人存活的几率极小。应家只是一个普通的工人家庭。连借带凑的5000元，在医院里，3天便花光了。最后，应国荣把辛辛苦苦刚刚盖好的新房抵押给银行，换得了15万元。但这15万，在为女儿治疗了4个月后，便所剩无几。万般无奈之下，应国荣一咬牙，把房子卖掉。卖掉房子除去还的贷款，还剩了4万多块。面对每天几千块钱的高额医疗费，应国荣一家真是愁肠寸断。

万般无奈的应国荣想到了卖肾，在医院里，他碰到过一位美国老板，给他提供了一个需求肾的线索。但等他的书信发到美国纽约以后，那位患者已经去了加拿大接受肾移植。

越千山，尝百草

应国荣是个内心刚强而且有主见的汉子。他含泪安排老父老母寄住在亲戚家中，自己和妻子在外面租了间小房，将小应晖从医院里接了出来。与此同时，他做出了一个重大的决定：自己上山采草药，竭尽全力救女儿一命。

应国荣曾经自修过中医理论，对中草药的种类、功能和配方多少有些了解。他想，说不定某种神奇的中草药可以缓解女儿的病情。就这样，他带着几本药理书和一线希望，开始了他“越千山、尝百草”的行程。

他先从家乡附近的山开始，一年多下来，江西、福建、浙江、安徽等省的深山密林几乎被他跑遍了，累计路程可以从福州到北京打三个来回；他采的中草药，能足足装满两辆大卡车。

应国荣有一个小本子，专门记录他给女儿开的药方，从“生命1号”开始，一直排到191号。为了实验每剂中草药的药性，新药熬好的第一碗，都是应国荣自己亲口尝试，24小时之后没有不良反应，他才放心给女儿服用。

其中有三次，应国荣做了“实验品”后，差点儿送命，一次是浑身皮肤过敏，一次是连胆汁都吐净了，一次是整个人晕眩无力。他说，若是当时直接给女儿吃了，想想真是后怕。

应国荣行程最长的一次，用了一个多月。带的干粮吃完了，他就找点野果、挖点野莱充饥；渴了，就喝点山泉水；夜晚，就搭个窝棚挡风蔽雨。应国荣当过工兵，具有野外生存的本领。他亲手做了一顶橄榄绿的柳条帽盔，他说，这项帽盔包含着两种意义，一种是军人的力量，一种是蓬勃的生命。每天，他就戴着这顶帽盔翻山越岭寻找生命的希望。

男儿有泪不轻弹

一个人置身于空山之中，面对暴风雨的黑夜，遥闻狼虫虎豹的啸叫，应国荣从来没叫过一声苦累，更没有流过一滴眼泪。有一次，他从山崖摔下来，摔得头破血流，为了怕家里牵挂，他就在山里养好伤后才回家，连妻子都没有告诉一声。

但有两次，应国荣禁不住流泪了：一次是当他在山里接到妻子的来电，得知女儿喝了自己刚配的“生命5号”药剂后连续七天血相正常时，他哭了，这是幸福快乐的眼泪；一次是发现女儿瞒着他们，偷偷把药倒掉时，他哭了，而且泣不成声。可怜的女儿。她的小手已经挨了上千针，每天，还要喝又浓又苦的草药！那种苦，他是知道的，别说是孩子，就是大人，也该喝厌喝烦了！其实，更令他断肠的是，他明白女儿另有用心，她是想早点离去，不想再连累父母了！

要彻底治愈女儿的病，光靠草药不行。最根本的是要进行骨髓移植。而最大的困难是找到匹配的骨髓。

应国荣父女的亲情故事被媒体披露后，引起了社会各界的广泛关注。南平市一位好心人自告奋勇，要为小应晖捐献骨髓。遗憾的是，经过化验，他的骨髓与小应晖不匹配。

细心的小应晖将收到的汇款单复印下来，逐笔作了记录，每个人都回信表示感谢。病重期间不能亲笔回信的，她也作了记录，嘱咐爸爸代为回复。父女俩都有一个强烈的愿望：等应晖病好了，一定要好好活着回报社会！

让我喊你一声爸爸

然而，一切努力都没有挽留住小应晖的生命。这个17岁的可爱女孩匆匆走到了她生命的终点，留给了爸爸无尽的哀伤和

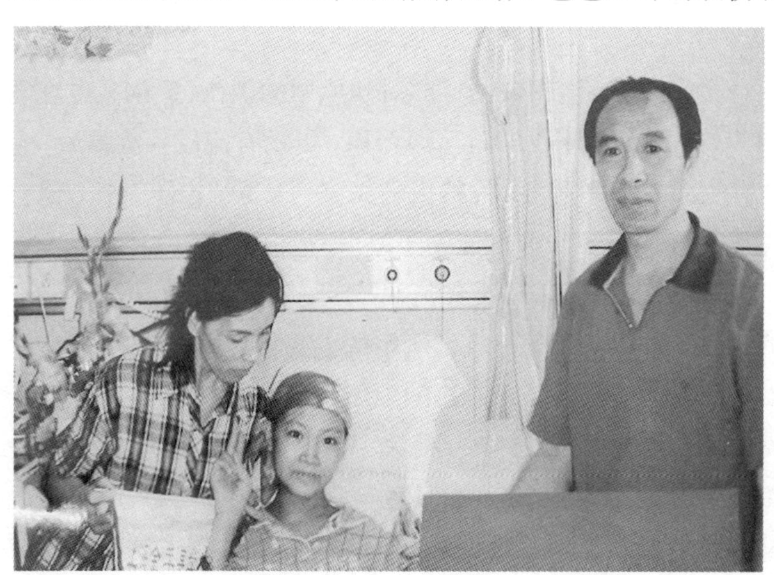

3万多元的医疗费欠款。

一个父亲，为了挽救身患绝症的女儿的生命，行遍福建周围诸省，越千山，尝百草，挖了足足两大卡车中药，亲自配制出191个救命药方，甚至要卖出自己的肾。伟大的父亲感动了社会，无数人伸出援手。

8月8日这期名叫《拯救女儿》的节目播出后，短短几天，栏目组接到数百封信，上万条手机短信和雪片般的汇款单。许许多多被真情大爱震撼的年轻人，流着泪对这位伟大的父亲说：应爸爸，我们都是你的儿女。

21岁的福建姑娘吴尚平是这些年轻人中的一位。8月23日她飞赴北京录制现场，饱含真情地喊了应国荣一声“爸爸”，父女俩相拥而泣的场面，让现场观众无不感泣……

来自山东金瀚公司的杨青山董事长当场表示要为应先生偿还医疗欠款。他说，作为父亲，他为应先生的大爱与壮举而感动。

应晖的离去带给人们太多的伤悲。上海金苹果学校的同学们无法忘记他们为应晖过生日的情景。专程赶到节目现场的该校团委书记姜老师给大家讲述了一个感人的细节：考虑到应晖的病情，8月初同学们赶到病房，提前为她过了她生命中的最后一个生日。小应晖当时很兴奋，脸上闪烁的是青春、昂扬的光彩。这个坚强的小姑娘说走就走了，这让同学们很难过。他们委托姜老师，捎给应爸爸一封信：应爸爸，你要坚强点，我们都是你的孩子！

感悟与思考

父爱如山。应国荣以他的执著付出诠释着父亲这一称谓的内涵,在患病的女儿背后立起了一座踏踏实实的父爱之山。

爱,沉没在不经意的生活中。

危难之际,父母亲挺身而出,以自己的血肉之躯为儿女挡风遮雨,父母之爱,山一样耸立在我们面前;日常生活中,父母无微不至的呵护如旭日和风,陪伴着我们闯过一路风雨。也许因为生活太普通太平凡,我们并不曾注意父母的憔悴与操劳;也许因为岁月太匆匆,我们来不及感谢父母曾经的悉心付出就已经长大甚至已经远在他乡;也许因为生活太忙碌,我们没有闲暇来回顾与父母相伴的美好,忘了生命中太多宝贵的温馨相守。伴随一个人的降生,上天给了他一份最无私最可宝贵的礼物,那就是父母之爱。只要身边有父母,儿女就已拥有了一份最安全最踏实最无私的爱;只要身后有父母,儿女背后就会始终有他们关切的眼睛。身为儿女,从呱呱坠地的那刻起,就已经沉浸在父母之爱的海洋中。

在生活匆匆的脚步中,爱正高歌前行。

是否工作很忙?是否心已疲惫?是否忽略了我们的至爱亲人?常回家看看吧,看看我们的至爱双亲,看看一直以来为了儿女的幸福无私付出的亲人!

雪村和他的父亲母亲

他们是名副其实的名人之家、艺术家之家。可是，在亲情上，他们却与平凡人家一样。品味他们的亲情故事，我们对名人会有更深的了解，也会更拉近我们与他们的距离。

父亲、母亲和他

这是一个令人羡慕的家庭。父亲韩静霆，文职将军，作家、画家、诗人。他的《凯旋在子夜》《战争，让女人走开》等文学作品早在80年代便已红遍全国。由他作词的歌曲《今天是你的生日，我的中国》亦是脍炙人口、经久不衰。同时，他在书画领域的造诣也广受称赞。母亲王作勤，作家，一位优雅的知识女性，当年中央音乐学院的才女，曾任某知名杂志的副主编。儿子雪村，网络音乐人，音乐评书创始人，他的作品以平民化的视角，以网络传播的方式，在当今青年人心目中，造成一波又一波的冲击波，迅速成为许多少男少女追逐的偶像。

也许你已经发现，雪村与父亲母亲虽然都从事文化、文艺创作，但路径和风格却大相径庭。毫无疑问，这里面有着许多鲜为人知的故事。

铁蛋的来历

雪村小名铁蛋儿。说起这名字的来历，韩静霆与王作勤百味杂陈。那是文革时期，正满腔热忱处于创业时期的他们突然闲了下来，整天无所事事。腹中的孩子成为他们最为关注的事情，和所有的准妈妈一样，王作勤对于未来的人生充满憧憬与恐惧。憧憬的是初为人母的激动，恐惧的当然是生孩子这道“鬼门关”。为了分散妻子的注意力，宽慰妻子，韩静霆就提议为未来的孩子取名。如果生女孩叫什么？生男孩又叫什么，这是一个有趣的问题。这一对作家夫妻想了好久也想不出叫什么好，最后决定听天由命，摆开一大摞辞书，随意打开，拿根筷子，闭上眼一杵，杵到什么算什么。夫妇俩商量好，由王作勤翻，韩静霆杵。一下子杵到铁字上，于是商定，如果是男孩就叫铁蛋儿。

如果是女的呢，是不是就叫铁梅？记者笑着问。王作勤正色道，那可不敢。铁梅是多有名的革命人物啊，咱们那时可不敢叫。

结果，生下来的是男孩，于是就叫铁蛋儿。

儿子的出生，给这对作家夫妇带来极大的快乐，也使他们对人生有了全新的和更深刻的体验。韩静霆说，在未来的孩子面前，父母有时候表现得很不自信。又说，父母在儿女身上首先得到的是一种乐趣，一种安慰，给自己的感情增加了很多可以释放的空间。

如果用现代的话，译得简捷一点，也许可以提炼为感谢儿子。

在铁蛋小时候的光屁股照里，有一张是贴着白胡子的照片，特逗儿。王作勤说：这都是老韩的创意。问韩静霆，他的回答令记者忍俊不禁：给婴儿时的儿子贴上棉花照照片，是希望儿子快快成长，同时又祝愿儿子长了胡子还这么年轻。

说起对儿子的付出，韩静霆说，付出和回报是100：1，甚至1000：1。比如说，我让他叫我一声爸爸，我得先叫他一百声一千声爸爸，教上一百句一千句，蓦地，儿子从没有牙的小嘴里，蹦出不太清晰的两个字：爸爸。这时我就激动得不得了。

那时候经济条件差，生活艰苦，夫妻俩难得改善一次生活，有时候，花几分钱从街上买回一小片西瓜，夫妻俩蹲在旁边看着小铁蛋儿坐在那儿双手捧着一口口吃完，心里那种甜蜜、满足，比自己吃了还舒畅。有一次妻子没在家，韩静霆破天荒地买回一袋爆米花，他把爆米花精心地散放在铁蛋儿的儿童车前面，讲好条件，叫一声爸爸吃一粒。这办法十分有效。儿子用唾液沾湿了手指，沾一粒，叫一声，放嘴里，再沾一粒，叫一声，又放进嘴里。韩静霆听得心花怒放。这时，旁边煮着面条的锅开了，他回身照看面条的时候，铁蛋趁机抓起一大把爆米花塞进嘴里。

王作勤回家听说后，笑得差点岔了气儿。

生儿方知父母恩

生儿方知父母恩。王作勤回忆起自己上学时的一件事，不禁流下了悔恨的眼泪。那天下了很大很大的雪。放学后她和同学一块儿往家走，那时学校外比较荒凉，只见天地一片白茫茫的，到处都是厚厚的积雪。走着走着，远远地，她和同学们看见通州西大街路边的沟里，有个东西在厚厚的积雪里挪动，她们觉得好奇，也有几分害怕。走近时，看出是一个人。这个人已经从沟里爬了起来，正往公路上爬，再一看，竟然是王作勤的父亲。那时老父亲已经快60岁了。见雪下得这么大，不放心，来接女儿，却不小心摔到沟里去了。王作勤觉得父亲在这么多同学面前给她丢了面子，很不高兴，大声说："我这么大了，你还接我干什么呀？！你看你，接我没接成，还把自己摔到沟里去了。"说完，她不理父亲，继续和同学一块走，一路上也不跟父亲说话。回到家她仍然不高兴，态度生硬地对父亲说："你干嘛非要这样？还掉进沟里了！"父亲只是憨憨地笑着，什么也没说。事后想起来，父亲爱自己，是不讲代价的。但自己当时不理解。事后她后悔至极，曾在一篇文章中写道：那时看到爸爸摔进沟里，为什么不赶紧把爸爸搀起来，反而生爸爸的气。你还有什么理由生气呀？现在想起来，上一辈对下一辈的爱，永远是没有代价的。

严父：为了坚持自己的信念

对于儿子所从事的事业，韩静霆很宽容，他说：儿大不由爷。不论儿子做什么，我都理解。他已经找到了自己的道路，找到了一种非常适合他自己生命释放的方式，这个我绝对不干涉。

但铁蛋小时，他却不是这个态度，不但干涉，还表现得相当粗暴，令王作勤现在说起来还红眼圈儿。

韩静霆对孩子要求十分严格，尤其是在做人上，毫不通融。他说：现在看来有些是小题大做。但是这一切都是为了坚持我的信念，都是为了儿子不走错路：为人要善良、为人要诚恳、诚实。比如说，有一次铁蛋放学路上捡了把小刀。韩静霆就要求儿子：捡了小刀必须送回去，在哪儿捡的送回哪儿去。不要交给老师去讨好。他说："天赐颜回一锭金，外财不富穷命人。这是我的小学老师挂在嘴边的一句话。我老师经常讲，不要想得外财，什么马无夜草不肥，人无外财不富。老想歪门斜道儿，别信这个儿。老师这样教育我，我也这样教育儿子。再一个，为人要诚实。艺术可以有虚构，可以浪漫，可以升华出很多东西，但在生活上，我们全家是一致的，要诚实，不能撒谎。"

正是出于这个原则，对于铁蛋的过错，尤其是撒谎，他的大巴掌决不留情。小时候铁蛋上幼儿园，3岁，有个"女友"也3岁多，两个孩子玩得很好。有一天女孩的妈妈在家，小铁蛋就在女孩家玩了一天，玩得很高兴，女孩的妈妈也很喜欢铁蛋，过后女孩的妈妈对韩静霆和王作勤说：昨天你们铁蛋在我们家玩了一天，可好了。这一下坏了，因为铁蛋对爸爸妈妈说他是去了幼儿园。撒谎还了得？韩静霆不由分说，一个巴掌拍下去，小铁蛋的嫩屁股上就起了一座紫黑色的"五指山"。这一巴掌的后果十分严重，小铁蛋整整四天只能趴着，因为小屁股肿得很高，生疼，抱着都不行。王作勤心疼极了。韩静霆打过后也心疼。但这一巴掌也确实管用，儿子从此不再撒谎。用王作勤的话说：他可以不说话，但不撒谎。

男孩子，哪个不调皮？再大点儿，铁蛋就搞破坏了。这天，他与其他几个孩子一起，把捅条烧红了，烙跳舞的把竿，把竿被烙上很多窟窿。最大的窟窿居然能放进一颗枣子，把竿就这样废了。毁坏东西要赔呀。那时夫妻俩工资低，还真赔不起。怎么教育呢？韩静霆把捅条放进火里烧红了，对站在一旁的铁蛋儿说：你不是烫把竿吗？今天让你尝尝挨烫的滋味。这一下把儿子吓得不轻，脸色煞白。当然不能真烙，但打是免不了的，王作勤赶紧唱红脸：儿子，快向你爸认错，再也不敢了。

上中学之后，雪村喜欢上了集邮。集邮是好事，但迷过了头，或方法不当就不行了。为了集邮，雪村把父母给他的早点钱攒起来，买邮票。正是长身体的年纪，不吃早饭怎么受得了哇？偏偏那个学校上午第四节总是安排体育课，饥肠辘辘的他常常在体育课上站不住，几次被同学扶回家，父母亲只见他脸色刷白，到医院又查不出什么病，十分疑惑。事情的败露源于一位外语老师。雪村的外语学得很出色，外语老师很喜欢他。外语老师看他整天晃悠晃悠的样子，担心他身体不好，同时邮市上人也很杂，外语老师怕他被人骗，就把他送回家，让家长教育孩子注意别上当。韩静霆和王作勤这才知道儿子总去买邮票，问：你哪儿来的钱集邮哇？他才说是吃早点的钱。韩静霆一听立刻火了，拿健康当儿戏，这可不行，长期下去如何得了？外语老师走后，他就厉声训斥儿子，但雪村此时也很有几分倔强了，不论父亲怎么说，站在那儿一副大义凛然的样子，绝不认错。韩静霆怒不可遏，挥起胳膊朝儿子脸扇了一巴掌。令他没想到的是，这一巴掌下去，儿子站在那儿纹丝没动，就像打在橡皮墙上。他想，坏了，打不动了，内心顿时复杂得很，父亲所谓的尊严严重受挫。同时也有点无计可施，还有几分惆怅，几分恼羞成怒。刹那的犹豫之后，十分冲动的他拿起儿子的集邮册一撕两半。但在最后时刻他还是掌握了分寸，没有全部把邮册投进火炉里，而是拿下最珍贵的一张，扔进火炉，说：我全给你烧了！眼看着自己心爱的邮票化为灰烬，雪村的两行泪才流下来。这时，韩静霆的虚荣心得到极大的满足，同时也开始反思：自己老了，儿子大了，自己弱了，儿子强了。这是难以接受又不得不接受的现实。是的，儿子大了，要有自己的世界。老在笼子里的孩子是长不大的。

从此，他再也没打过儿子，而是开始理解儿子。还经常求亲告友，帮助儿子集邮。儿子呢，也理解了父亲的良苦用心，收敛了自己的“行径”，不再拿自己的胃开玩笑了。

儿行千里母担忧

雪村现在成了名人，忙了。可儿行千里母担忧，对于儿子，王作勤没有一刻能放下心，总想着，他会不会按时吃饭？会不会照料自己的饮食起居？直到有一天，她看到儿子临出发前为自己收拾的行囊时，才笑着摇摇头：儿子是真的长大了！行李箱里，雪村不仅带了牙膏、牙刷、毛巾、剃须刀等，还准备了创可贴和各类感冒药，各种日常用品，应有尽有。

在父母眼里，雪村的艺术是“另类”的，但是一种健康向上的“另类”。父母支持他的这种“另类”，因为，艺术的生命是个性；至于雪村的品性，更是一种让他们放心的诚实、正直和豁达。

韩静霆风趣地说，现在，雪村大了，他不能再打他了，也打不动他了。现在的家，是一个充满了浓浓生活情趣的“民主之家”。不忙的时候，他们便互相“请客”吃饭，有时候父亲作东，有时候儿子作东，但大多时候，儿子都会抢着作东，因为，从呱呱落地起，“请客”的都是父亲母亲，现在自己自立了，是该多“还”一些了。

爱，是接力赛，写书为天下所有的母亲

爱，是接力赛，它就像生命一样，是一代又一代人的传承。韩静霆和王作勤都出身于中国传统家庭，从小，父辈们的情怀就深深地影响着

他们。韩静霆的老妈，今年已80多岁高龄，每年的冬天，还都要给儿子亲手缝鞋垫、做棉裤，用一个母亲最本真的爱去疼爱儿子。

王作勤是家里最小的女儿，从小受到几乎所有家人的疼爱。所以，留在她记忆深处的，都是有关爱的回忆。小时候家里穷，一年到头，只有过年的时候才能有白馒头吃。有一年，母亲冒着风雪严寒，一双小脚徒步走五里多路，到学校去给她送一个刚出笼的白馒头，并亲眼看着她狼吞虎咽地吃完，才回去。可亲的姥姥，不管有什么好吃的，都会留给自己的一份，至今仍令她柔肠百转的是，姥姥临终前，将自己舍不得吃的半个净面窝头和几块糖果留给了她……

韩静霆和王作勤还曾有个只活了18天的男孩儿，在铁蛋之后。这孩子生下来就有病，极其瘦弱。第4天，韩静霆和一位战友冒着大雪把孩子从辽源抱到长春救治。而生了孩子才4天的王作勤在家中默默为孩子祈祷。在长春的医院里，韩静霆向哺乳期的女同志给孩子要奶，这个挤一点儿、那个挤一点儿，喂给孩子。医生也尽力救治孩子，但由于病太重，孩子在出生18天后还是停止了呼吸。说起这孩子，韩静霆非常动情，他说，我写过很多东西，但这件事，却写不了。作为母亲，这更是王作勤心中永远的疼。她流着泪说：到现在我还非常感谢那些挤奶水给我孩子的母亲。没有她们，我的孩子连18天也活不了。

为了总结自己人生的体验，王作勤把自己关在屋里，花了一个月的时间，写了一本14万字的书——《我生雪村》。书是她送给儿子33岁生日的礼物，但至今还没有出版。有人曾问她，听说你写了一本书？你是不是想追名人出书这个潮流？王作勤说：如果你这样认为，我宁可10年、20年、甚至终生不出版这本书。我写这本书只想告诉天下所有的女人和所有的母亲，我作为一个女人和母亲的全部生命体验，引起全世界所有女人和母亲的共鸣。

感悟与思考

真正的教育应当是理性的、认真的、负责的教育，完全以孩子为中心，是不负责任的。一味的妥协认同，也是对教育的亵渎。我们必须依据孩子的成长规律该出手时就出手，该放手时就放手。刘良华教授曾说过："在孩子3岁之前要做放任型父母，9岁左右要做权威型父母，13岁之后要做民主型父母。"所以我们要学会让孩子在关键年龄做关键事情，对3岁之前的婴儿就让他过类似于"动物世界"的生活，一旦过了3岁，就应该对其进行诚恳而严格的教育，要让孩子树立纪律意识，学会遵守规则，学会控制自己。爱并不排斥严格的规训和刚性的纪律，在孩子的幼年时期，严格的管理是必须的，这是一种预备，因为到了13岁，早期教育基本就结束了，接下来就主要是以孩子的自我教育为主了。只有在这个阶段形成了良好的生活习惯和学习习惯，方可实行更高级的训育。否则，错过了这个教育的最佳时期，我们实行的就不再是教育而是补救、是改造了。所以什么年龄实行什么样的教育，是需要家长好好把握的。

教育确实是一门艺术，仅有爱是不够的，更需要策略和智慧，需要宽容和等待！

你爱自己的孩子吗？这好像是个假问题。但是你会爱自己的孩子吗？当你包揽了所有的应该孩子自己做的事情而未见孩子的一丝感激之情的时候，当你苦口婆心语重心长却被孩子视为喋喋不休的多事婆的时候，当你自己省吃俭用、竭尽全力满足孩子的一切愿望却发现孩子越来越自私越来越嚣张的时候，除了痛苦、除了哀伤，是否应该有更多的反思和感悟？

怀亲

——著名诗人桑恒昌和他的“怀亲诗”

桑恒昌（上图右）的怀亲诗在世界上非常有名。他的诗之所以感人，首先是因为真诚。诗人用赤子之心写出两个大字：感恩。

诗抒情言志，然而写诗能写到让人落泪让人心灵震撼的程度，古今能有几人？山东诗人桑恒昌，以他的“怀亲诗”影响着一代又一代人。很少有一位诗人的诗像他的诗这样，能与普通读者产生如此强烈的情感共鸣，并由此演绎了许多动人的故事。

少年丧母人生大悲

桑恒昌先生1941年出生于山东武城一个大户人家。从他记事起，母亲的身体就一直非常羸弱，她拖着病体操持家务、忙里忙外的身影和她因身形消瘦而凹陷的大眼睛，就像一道烙印一样烙在诗人的心里。他说，母亲与她的妯娌们一起，每天要为全家上下二十几口人做饭洗衣，真不知道母亲是如何撑下来的。在他12岁那年，母亲终于支撑不住，病倒了。这一病，母亲就没能再起来。

诗人清楚地记得，当时，自己每天都给母亲熬药，有一天，仿佛有什么幻觉一般，他熬药的时候，似乎听到有蛐蛐的叫声，年少的他好奇心重，便跑到外边去捉蛐蛐，谁知等他回来，药，已经熬煳了。当他端着熬煳的药愧疚地给母亲看时，母亲长叹一口气，良久，方幽幽道：孩子，娘怕是活不长了，熬煳药，按照乡俗的说法，便是……

没想到一语成谶。从此以后，母亲的病开始一天比一天差。这令他的心里悲悔交加。有一天，母亲竟然从昏迷中好了起来。他激动的无以言表。只是不承想，“好转”后的母亲竟然对他完全失去了从前的母爱，不仅没有他想象中的母子亲昵，还不时对他的举动做出批评，不是嫌他端的饭菜凉，就是嫌他递的药太烫。

他心里委屈极了，不明白母亲为什么会这样子对自己？直到两日后母亲弃世，他才明白，回光返照的母亲，是何等的用心良苦！她是不想自己走后，让自己的儿子太记牵自己呐！

常言道，母子连心。母亲，是这世上最疼爱他的人！然而，她却走得那么匆匆，不待他长大成人！娘啊，为什么？为什么要弃我而去？他的嗓子哭哑了，喉咙喊破了，可是母亲，却再也没有回答。

他始终不肯相信，母亲已经死了，已经与自己阴阳殊途，可在这世上，他却再也没有娘了，娘去了，成了他心中永远的痛！

自从母亲别我永去
我便不再看它一眼
深怕那一大滴泪水
落
下
来
湿了人间

这是桑恒昌最短的诗《中秋月》，只有三十一个字。

母亲走了，怀念母亲的心却越涨越满。他开始以思念作笔，蘸着心血，一行一行地书写自己的心情。

对母亲那种割不断、拂不去、摧肝裂胆的怀念，唯有手中的笔，最清楚了。

每当写到母亲
我的笔
总是
跪着行走
如果母亲是鱼
她会剥下

所有带血的鳞片
为儿女
做衣裳

诗人回忆起母亲，回忆起母亲生前对自己博大、无私的爱，跪着行走的，何止是他的笔，还有他一颗滚烫的赤子之心！

正如中国诗歌协会会长张同吾先生所说，桑恒昌的怀亲诗，读来回肠荡气，令人有一种强烈的心灵震撼，不论从情感角度、艺术角度还是哲学角度，都能给人以无穷的遐思空间……

桑恒昌先生的诗品与人品，可以说是一个完美的结合体，不仅用生命热爱、怀念着自己的母亲，而且视天下母亲为己亲。他说，每当他在街头看到白发苍苍的老人，他都有一种叫娘的冲动，这不是错觉，也不是幻觉，是诗人将世间的伟大亲情真正浸到了骨子里。

桑恒昌有过这样的体验：母亲病了，“我烧的土炕/满身热唇/也吻不暖你瑟缩的脊梁”；我病了，“竟成了回春药/只有一剂/就稀释了母亲的病痛”。比喻是虚拟的，而生命是真实的，爱的力量掀动着生命之潮，何止让人回肠荡气呢！

他把父亲视为“男性的母亲”，“将父亲的话含在嘴里/吮吸如母亲多汁的乳头”，他说：“父亲和母亲/用心上的肉捏成了我/我又用心上的肉/捏成了一大堆诗句。”他的诗就是这样完成的，我们贴近他的诗，就是贴近了他的生命。

新时代的道德经

腾长付，济南钢铁厂的一位普通工人。十几年前，疼爱他的祖母与世长辞了。失去亲人的悲痛日日压抑着他的身心，令他感到窒息、无助。有一天，小腾在邻居家里无意中发现了一本诗集，便信手翻看。没想到这一翻，小腾便放不下手了。里面的字字句句，读来催人心魂，他感到，这里面的每一首诗，都能直戳到他心灵的深处；他感到自己怀亲的情怀再也不孤独了，因为他终于找到了一条可以释放悲痛的河流。小腾当场向邻居借下这本诗集，夜里，在灯下，他开始一字一句地抄写，将整整一本诗集全部“化为己有”。

令小腾当年如此痴爱的文字，便是桑恒昌先生的怀亲诗。

十几年过去了，岁月改变了世间的许多事物，但小腾那本发黄的手抄本怀亲诗集，读来依然令人动容。

高怀金先生，一位充满文人情怀的企业领导。十几年前，高先生在临沂一家企业工作，一位文友从济南给他带回一本桑恒昌先生的诗集，同样少年丧母的高先生读了诗人的怀亲诗后，心底产生了强烈的共鸣。十几年后，高怀金先生调到济南工作，在一家星级酒店担任总经理。在他的领导下，酒店充满了浓厚的人文气息，酒店大力提倡孝道，每年的中秋、春节，酒店都会给外地的员工家属，寄一封平安信；家在外地的员工父母来济南探亲，均可以免费入住酒店。2002年春节，他们举办了一次迎新春诗歌朗诵会，桑恒昌先生作为贵宾被邀请到酒店，十几年未曾谋过面的两个人终于见面了，他们紧紧地相拥在一起。是亲情，使他们彼此无须多言，便与对方灵犀相通。

2002年母亲节，针对“火了情人节、冷了母亲节”的世情，这家酒店倾情举办了《我的父亲母亲》有奖征文活动，在社会上引起了强烈的反响。

高怀金先生曾多次深情地说，读桑恒昌老师的怀诗亲，就是读一本新时代的“道德经”，它可以净化灵魂、陶冶情操，引领人们走向充满人情味的美好空间……

感悟与思考

在著名诗人桑恒昌的经历中我们能够清楚地感觉到母亲的爱是无私的，母亲常年拖着病弱的身体操持家务、忙里忙外；母亲的爱是深沉的，回光返照的母亲为了不想自己走后孩子太牵挂自己，宁愿亲手毁掉自己在孩子心中美好的形象。在诗人的心中，“母亲会剥下所有带血的鳞片，为儿女做衣裳！”我们可以明显的感觉到母亲的爱已经深深地浸入了他的骨子里。每当诗人回忆起自己的母亲，回忆起母亲生前对于自己博大、无私的爱时，他的心都是跪着行走的。

母亲赋予我们生命，用十个月的孕育和分娩祈盼一个新生命降临，她看似柔弱，却有一种对苦难的坚韧和对幸福的执著，用单薄的身躯支撑着家的脊梁。母爱，像大地一样深沉，用她每一点的心血养育着儿女；母爱，像天空一样博大，用无尽的爱包容着儿女；母爱，像阳光一样无处不在，照亮生命的每一个角落，照亮儿女的每一段旅程。

母爱能在你最艰难、无助、绝望的时候，给你抚慰和支持，让你感到安全和温暖。在茫茫人海中，能享受到一份母爱，是一种福气；能终生拥有一份深挚浓稠的母爱，则是人生中无尽的精神财富。

“树欲静而风不止，子欲养而亲不待”，母亲去世了，诗人感到无尽的伤痛，唯有用诗来表达对母亲的怀念和愧疚。我们呢？趁着父母还健在，我们该做些什么呢？

慈母与恩父

《父亲》《妈妈》《我的父亲母亲》《儿行千里》《牵挂》……这些都是著名青年歌手刘和刚（上图中）脍炙人口、催人泪下的歌曲，多次在春晚演唱、获得全国观众最喜爱歌手的他，每一次演唱都是那么激情投入，都是那么声情并茂，这，源于他不寻常的成长经历，源于他一颗感恩的心……

慈母恩父知多少

刘和刚有许多老师，他自己数算着说，东北拜泉县的文化馆干部宋干事教会他唱了两支歌，他才去考的松花江艺术学校，而黑龙江艺术学校的杨博亚（34页图左）教授则是他的如父恩师，当然，解放军艺术学院的孟玲（下图右1）教授是他“不是母亲胜似母亲”的老师。

刘和刚的母亲（34页图右）也是他的老师，母亲是山东人，有着山东人的豪爽与乐观性格，尽管家里生活并不富裕，但是，老母依然乐乐呵呵，人们在田间地头总能听见她的歌声。山东民歌《沂蒙山小调》就是母亲教给刘和刚的第一首歌。

刘和刚还有一个老师，那就是家里的一个破旧收音机，是1971年置办的“家产”，家中唯一的电器。在少有娱乐活动的农村，这个收音机成了刘和刚的艺术伙伴，上世纪80年代，刘和刚迷上黑龙江广播电台“农村俱乐部”这档节目，收音机里广播的歌曲、相声、二人转等节目都让他开心，尤其是民歌，他听得入迷，所以，每当广播时间，他都会静静地等在收音机前。

挨了母亲一耳光

母亲由于劳累过度，患了腰椎结核，常常痛得直不起腰来。为了刘和刚和他的二姐能上学，母亲忍着病痛承担起繁重的家务，姐弟俩商量，有一个退学在家照料母亲。母亲知道了死活不同意，说：我的病还不是为了供你们上学累的，如果你们不上学，我就是活着也没有意思啊，我干脆死了算了。

刘和刚还是执意退学照顾母亲，母亲非常生气，狠狠打了儿子一个耳光。母亲为了让孩子安心读书，故意隐瞒自己的病情，总是在村头笑嘻嘻地迎接他们。一天，姐弟俩提前放学回家，吃惊地发现，母亲整个人趴在地上，脸对着灶坑，吃力地往灶里添着柴火。看到这一幕，姐姐与母亲抱头大哭，刘和刚跌跌撞撞地奔出屋外，一个人扑跪在苍凉的原野上，泣泪无语，向天大吼。他在心里暗暗发誓：一定要报答母亲的大恩大德。

父亲用手指换来学费

父亲（35页图左1）强拖着年迈的身体开拖拉机，为刘和刚上学挣钱。但是，年龄不饶人，日以继夜地操劳使他劳累过度。先后有两个手指头被机器轧去。刘和刚说，每当唱起《父亲》这首歌时，自己都会热泪盈眶，当唱起“想想你的背影，我感受了坚韧，抚摸你的双手我摸到了艰辛”时，一幕幕往事浮现在他的脑海，感情自然而然就从他的歌声中流露出来。他说，不要说“摸”，就是看一眼父亲的双手，我就想哭。

刘和刚上艺校了，父亲用家里的积蓄和借来的钱给他买了一台电子琴并且送他去学校，两人舍不得坐车，父亲抱着电子琴在雨地里一直走到车站，用省下的钱给他买了几个苹果，淡淡地说了声：“路上吃吧”，然后，便默默地走了。望着父亲的背影，刘和刚百感交集，伏在电子琴上哭泣起来。

老师扔了他的歌本

刘和刚原在尚志市的艺术学校学习“二人转”，但，这位硬胳膊硬腿的农村青年，没有练过形体基本功，不适应“二人转”载歌载舞的艺术形式。老师看他有声乐天赋，介绍他到黑龙江艺术学校，拜师杨博亚教授。

乘车去学校需三四个小时，他每天早晨4点钟起床，学完返回就到傍晚五六点钟了，为了省钱他跑许多路不坐车，中午来不及吃饭也没钱吃饭。尽管杨老师破例收他最低的学费，但是一周上一次课，还是交不起学费，逐渐去得少了。学习成绩不能保证，惹得杨老师一怒之下把他的歌本扔在地上。刘和刚无奈，只好实话实说，杨老师听完后感动得落泪了，对刘和刚说："老师不在乎你的钱。因为觉得你是块好料子，能成才，才辛辛苦苦地教你。"打那以后，杨老师不仅不收学费，还留他在家吃午饭。

命运因恩师而改变

刘和刚说：是杨博亚老师真正改变了我的命运。

解放军艺术学院来哈尔滨招生，杨老师极力动员刘和刚报名。当时，许多文工团体也在哈尔滨招生，并且有几个文工团已经选上了刘和刚。刘和刚觉得参加工作可以减轻家庭经济负担，他瞒着杨老师准备参加文工团的考试。杨老师知道了，先是劝说，后来就用激将法刺激他报考解放军艺术学院，在杨老师苦口婆心的劝导下，刘和刚终于下定决心报考了军艺。

考试完毕揭榜时，刘和刚没勇气看结果，便让同学看了之后告诉他，那同学给他开玩笑，说没见到他的名字，刘和刚木鸡一般失望地跌在床上。待知道了实情，立刻飞奔到杨老师家，一口气爬上楼去，师徒俩喜极而泣，抱头痛哭起来。从此，刘和刚走上了一条专业歌唱的求学与成才之路。

在与杨博亚教授亲密相处的日子里，有人曾提出要刘和刚认杨老师做爸爸。杨老师从心里喜欢刘和刚，刘和刚从心里尊敬杨老师，两人心中早已是如此这般的父子感情了。称恩师为爸爸，是刘和刚心中的呼唤。

感悟与思考

孩子自出生那一刻起，就已经开始了学习，身边的人就成了最自然的榜样，自然而然地影响着孩子，所以说父母就是孩子的第一任老师。对于刘和刚来说，母亲的坚忍乐观，父亲的沉默顽强，艰辛困苦的生活，这一切都造就了他善良、感恩、刻苦的品格。

“随风潜入夜，润物细无声”。有很多像刘和刚的父母这样朴实勤劳的农民父母，他们没有多么高深的学问，更没有读过什么亲子教育的论著，他们有的只是一颗善良的心，一种隐忍的性格、一副吃苦耐劳的体魄、一种最朴素的价值观、一种积极乐观的心态，这就足够了！在他们养育儿女的过程中没有说教，但是他们一直在做，在辛苦地为孩子创造机会，只有这一点就已经胜过了千万条至理真言！在他们的辛苦劳作中，孩子知道了什么叫责任；在他们的坚韧不屈中，孩子领悟了什么叫追求；在他们的劳累疲惫中，孩子体会到了什么叫坚持；在他们把微笑留给孩子，眼泪留给自己的奉献中，孩子知道了什么叫人间大爱。

刘和刚是幸运的，他不但享受着具备中华传统美德的父母的关爱，更遇到了既有智慧又师德高尚的老师——杨博亚教授。杨教授对学生的爱护胜过一般的师徒感情，他就像爱护一株幼苗一样爱护自己的学生，他不但无偿地奉献出自己的智慧和技艺，更是用宽广无私的品格感染了自己的学生，在功利现实的价值观波及到象牙塔的今天，杨教授用自己的言行为为人师者树立了一座丰碑。

刘和刚的故事带给我们震撼，故事里没有鲜花，没有掌声，有的只是天底下最朴素的真情，最无私的爱护。这种感动是来自素朴之大美的震撼！在我们殚精竭虑地赚钱，心无旁骛地为我们的“小皇帝”、“小公主”创造更好的条件，毫无怨言地侍奉孩子的起居，心甘情愿地做孩子的保姆的今天，你是否能在刘和刚的故事中若有所思、另有感触呢？

“剑桥”母亲和她的一双“清华”儿女

清华大学，中国莘莘学子心目中的圣殿。哪个中学、哪个县能有一个学生考入清华，都是一件值得庆贺、值得写入校史、县史的大事，而这个家庭中，却有两个孩子相继考进清华大学！

这是青岛一个普通的知识分子家。父亲王宝炎，是上个世纪60年代的大学生，母亲王铭慧是一家律师事务所的主任。女儿王育红、儿子王育军相隔3年，都以优异的成绩考入清华大学。女儿育红获国际金融专业硕士，儿子育军清华毕业后，在英国伯明翰大学获计算机通讯专业硕士。姐弟俩现在北京都有一份不错的工作。

说起培养孩子20年的苦与乐，母亲王铭慧深有感触。她说了四句话，表达了她对这个家庭，对孩子独特的爱的方式。

——有理想但不落于空谈；参与子女的事但不包办；欣赏子女的点滴成绩但不溺爱；做孩子的榜样但不抢孩子的风头。

姐弟圆了母亲的“清华”梦

说起理想，其实母亲王铭慧在学生时代就有一个梦想。王铭慧的母亲是一位优秀的教师，耳濡目染之中，年幼的王铭慧，性格当中就多了一份执著和不服输的个性。她的数学成绩优异，中学时，全年级就她一人得了满分100分，七门课考过699分。初中毕业，王铭慧的成绩是全校第一。那时，无论是学校老师、她的母亲还是王铭慧本人的理想，都是期望中学毕业后一定要报考清华大学。然而，及至王铭慧中学毕业，随之而来的“文革”风暴，使这一切化为泡影。于心不甘的王铭慧，随着红卫兵“大串联”的潮流，来到北京，她独自一人步行走到清华园，在校园的草坪上，王铭慧从白天一直坐到夜幕降临，久久不愿离去。随着两个孩子先后来到二人世界，做父母的自然又多了一分牵挂，一个梦想。

细心的王铭慧发现，女儿育红活泼好动，有运动天赋，于是，年仅六岁的小育红，便被妈妈送上了练体操的早班车。从此，起早摸黑，流泪流汗，伴着女儿稚嫩的脚步，两年后，育红走上了山东省体操比赛全能冠军的领奖台。同样，儿子育军5岁时，王铭慧看到

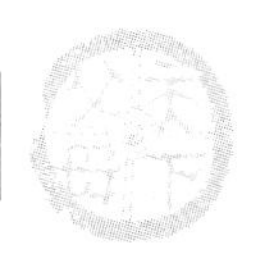

他对乐器特别着迷，于是，在培养女儿的同时，她又背起儿子，踏上了学习小提琴的漫漫长路。

望着年幼的孩子，又是训练又要学习，做母亲的更是看在眼里，疼在心头。但是，王铭慧对此矢志不渝。她说，发现和培养孩子的特长，就是让他们获得生存的能力，在这个激烈竞争的时代，多一种生存的本领，就多一份竞争的优势。两个孩子日后的发展，恰恰印证了王铭慧的观点。

育红在体操、舞蹈方面的才艺，为清华大学赢得了30多个全国和省、市冠军，育军是校合唱团成员。姐弟俩的出众才华，在清华园组成了一道水清木华的风景线。

1996年，时任清华大学副校长的余寿文，欣然为姐弟俩题词："育红育军立志成才，自强不息，水清木华。"

“厉害”的妈妈

在育红、育军姐弟俩的记忆中，没有多少妈妈溺爱他们的印象。许多年过去了，女儿育红还清晰地记得当年练体操的难忘经历，她在散文《我们的律师妈妈》一文中深情地写道——

那年我8岁，妈妈送我去练体操。一天的训练之后，冒着滂沱大雨，我孤独地坐在回家的公共汽车上。疲倦、寒冷、饥饿、恐怖，将我吞噬，黑暗中我昏睡过去，醒来时早已是终点站。陌生的街道、陌生的人群，使我睡意全无，轰隆隆的雷声和刺眼的闪电相继而来，吓得我抱着膝盖，蜷缩在候车亭的一角，我像一只荒野中迷失的小鹿，无所适从。绝望中，一道闪电在遥远的地平线上，映给我一个熟悉的身影：那是妈妈，我疯狂地扑过去，本能地抱住妈妈。

“妈妈，我冷。妈妈，我饿，以后我不练了。”

“不行！”妈妈脸上的笑容顿时凝固了，剑眉竖起，眼睛盯得我好害怕。

“我太累了……”我委屈地哭了。

“不行。让你练，你就练……”律师妈妈的“厉害”至今让我难忘。

一年后，也就是1983年，我获得了山东省体操比赛全能和平衡木的冠军：捧回了灿烂的5枚奖牌。当我把奖牌挂在妈妈脖子上的时候，我看到妈妈的眸子里分明闪烁着泪光，此时此刻我对妈妈的厉害也多了几分理解。

就这样，在妈妈的似乎有些不近情理的严格的要求下，最终我们双双考进清华大学，成功使我们今天更难忘妈妈的“厉害”。

和女儿一起成长

在悉心培养一双儿女的过程中，王铭慧自身也在不断进取。1992年，42岁的她考取了律师资格。1995年，她以顽强的毅力，完成了对外经济贸易大学硕土研究生学业。同年，创办了青岛清华律师事务所（1999年更名为东清华苑律师事务所）。

2002年7月，在从事律师职业17年的时候，王铭慧向世界著名学府英国剑桥大学提交了深造申请。最终她以其在律师界多年的优秀表现被录取，成为中国13万律师中首位走进剑桥的中国访问学者。

剑桥大学法学院开设了约50门法学课程，要求硕士选修5门，而王铭慧自己却选修了近20门。

王铭慧说，走过岁月，我的感悟是：无论年龄多大，只要对生活充满激情，不懈奋进，人生一定能走出成功的路。

自己的成功，对孩子是一种无形的激励和引导，最终会达到和孩子一起成长的目的。

感悟与思考

读罢这则故事，掩卷深思，它留给我们更多的是深思和启迪。在日益注重教育的今天，对孩子的教育已经越来越成为一个重大的社会和家庭问题。如何教育孩子成为萦绕在大多数家长心头的困惑。故事中王铭慧妈妈成功培养两个清华大学儿女以及自身不断深造的事实可以为父母们提供一定的帮助和借鉴。

作为父母要发现自己孩子的擅长之处，针对自己孩子的兴趣所在有针对性地实施教育。兴趣是最好的老师，王铭慧妈妈能够发现自己儿女的天赋与兴趣所在，并正确引导，张扬孩子的个性，使自己的教育收到了事半功倍的结果。

成功的教育基于正确科学的方法。文武之道，一张一弛，成功的教育应该是宽严适度，有张有弛。王铭慧妈妈的教育就是这样的典型。“严而不苛、爱而不溺”方为父母成功教育的大道。

父母作为孩子的第一任和重要的启蒙者与教育者，他们的言行对孩子会产生无形的督促和激励作用。王妈妈在不惑之年还能够努力进取，考取律师资格证和硕士学位，并且去剑桥大学深造，无形中也对孩子的学习和发展产生了巨大动力。

每个孩子都是一个特殊的教育个体，对孩子的教育是一项科学而又浩大的“工程”，在教育孩子的问题上没有放之四海而皆准的灵丹妙药，王妈妈的故事提供给我们一个教育的典范，但具体到特殊的人群和家庭需要的是父母的爱心、关心、信心和恒心。

一生有你

清华大学毕业的他，本来有令人羡慕的工作，是父母的骄傲。可是为了自己的爱好和追求，他却毅然决然地当了一名流浪歌手。父母亲的失落和不理解是理所当然的。然而，在他最困难的时候，还是父母亲伸出了援助的手……

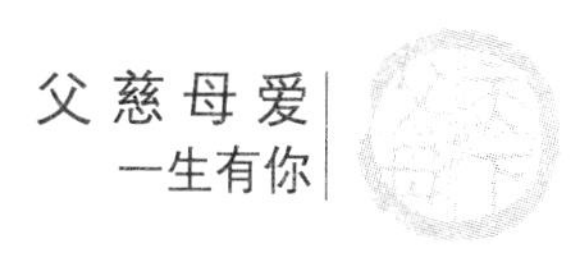

当长发齐肩、身着宽条恤衫的卢庚戌抱着吉他走进演播厅时，观众席上的大学生们禁不住欢呼、鼓掌，纷纷请他签名……

庚戌是大家公认的“小天才”

卢庚戌成长在一个知识分子家庭。爸爸和妈妈都是教育工作者，爸爸还是校长。卢庚戌天资聪明，而且从小受姥爷的影响读了不少书，酷爱文学。他的数理化成绩也都非常好，多次在营口地区的竞赛中获奖。从小学到中学，他一直是班里的第一名。

不论是学校的老师还是邻居的大人们，都非常羡慕卢家，特别是羡慕卢家有这么个“小天才”：“咳！老卢家的孩子真机灵啊，一点就通。”

自信满满的小卢庚戌在一次班会上大声宣布：“将来我要做科学家。”

所以，当卢庚戌以优异成绩考上清华大学时，邻居们都来祝贺，卢庚戌爸爸妈妈却并不觉得特别兴奋：这个结果是正常的，在预料之中。如果考不上一流大学才是不正常的呢。

那年，小卢庚戌从北京给爸爸捎回一盒营口产的香烟

更为难得的是，卢庚戌不但聪明、学习好，而且非常懂事、非常孝顺、从小就让父母非常省心。有一次他竞赛得奖后有关部门组织获奖学生到北京旅游，妈妈给了他30元零花钱，可他只花几角钱在天安门广场照了一张相。相反，倒是给爸爸带回一盒人民大会堂牌的香烟（有趣的是，这个牌子的烟恰恰是营口卷烟厂生产的，小小年纪的卢庚戌不知道），给妈妈买了一双保暖袜，还给姥姥买了一顶帽子，把一家人感动得不得了，更把四邻八舍羡慕得不得了。

卢庚戌要辞职的电话令父母震惊不已也震怒不已

1997年的一天，卢庚戌打电话给妈妈，他决定从建筑设计院辞职，去做流浪歌手。妈妈起初不相信自己的耳朵，待确定之后再三追问为什么。卢庚戌三言两语说不清原因，只是说自己已经决定了。妈妈当然要再三劝阻，只听儿子说："妈妈，你不要劝说我了，这条路我是走定了。"啪地一声，卢庚戌扣下了电话。

妈妈举着电话话筒，久久地愣着。

考上清华大学后，卢庚戌想报物理系，但爸爸妈妈却坚持让他报了建筑设计。因为在他们看来，这是清华大学最著名的专业。名校名专业，将来培养个贝聿铭式的设计大师，爸爸妈妈为儿子设计了一条光明的大道，还为儿子买了《贝聿铭传》等书。儿子毕业后，果然好多家单位争相要他，结果被北京的一家设计院捷足先登。当时，是那家设计院的院长开着小轿车亲自来接卢庚戌到单位报到的。那是多么的荣耀！可现在，儿子为什么放着好好的设计不干了，要辞职去当什么流浪歌手？

许多政治家、企业家从事的并非所学专业，不是也都成功了吗

在电话的另一端，远在北京的卢庚戌心里也不好受。他整夜未眠，想了一个晚上。其实，严格地说，很可能正是爸爸妈妈坚持叫他读建筑设计专业促成了他今天的辞职。建筑系在当时的清华大学属于带有艺术性质的系，课业相对轻松，建筑系的学生留着长发，背着写生的画夹满校园溜达。卢庚戌也正是在这时更多地接触了音乐，有了在校园草坪上弹着吉他唱歌的经历并组建了乐队。

毕业后来到设计院，他在设计一幢幢大楼的时候，心中常常飞翔着一个又一个的旋律，冒出一首又一首让他难以释怀的歌词。他十分怀念在清华园组建校园歌队自编自弹自唱的那些日子，冥冥之中有一个声音告诉他：你的位置不是这里，是大漠草原，是天涯海角，你的工作不是闷在办公室里写写画画，而是背着你心爱的吉他唱你心爱的歌。这个念头越来越强烈，以至于他夜不能寐。父母的培养和期待，老师的心血，社会的看法，他想了很多很多，但总不能克制心头的歌唱之梦，有一天他忽然想到，许多世界著名的政治家和企业家所从事的都不是所学专业，不也都成功了吗？既然我喜欢唱歌，为什么不能去唱呢？于是，他决定服从自己的意志，辞职。就给妈妈打了这个电话。

一夜未眠，第二天卢庚戌又给妈妈打电话，再次重申他“已经决定了要走自己的路”。电话那边妈妈哭了，伤心和失望至极，妈妈不听他的解释，把电话给撂了。

就在卢庚戌已经向设计院提出辞职，但还没正式办手续的时候，设计院组织义务献血，卢庚戌仍然参加了。有人说，你马上就要走了，就别献血了。他说：“我最年轻，当然要献。”献血后独自回到自己租的小屋。突然门被推开，竟然是妈妈！原来妈妈虽然在气愤之际撂下了电话，但毕竟不放心儿子，就赶来与儿子面谈。见儿子献血归来冷屋冷灶的没人照料，妈妈心疼儿子，悲从中来，不禁泪如雨下。

妈妈的到来并没有阻止儿子要走自己的路。卢庚戌还是辞职了。他与家庭的关系也就此僵持了。父亲尤其生气，一度要和他断绝父子关系。震怒之余，他还埋怨妻子娇惯儿子，没有教育好儿子。

一个温馨的家庭出现了巨大的危机！

海滩，快乐着一个不收钱的流浪歌手

卢庚戌辞职后，背着吉他到烟台、苏州、上海等地转了一大圈儿，圆了自己“流浪歌手”的梦。他在海边自弹自歌，熏熏然陶醉于其中，而身边却并没有设置钱钵，围观的游人们都不理解；而越是围观的人多，卢庚戌弹唱得就越是来劲儿。晚上回到租住的小屋，一个人煮海鲜吃，自给自足。睡到半夜，突然来了灵感，翻身起来写下几行歌词，并谱上曲子，于是，随着丁冬的吉他，小屋就飘出一首清新快乐的歌。他从来就没想过去歌厅唱歌赚钱。他的目标是练好歌，做专业歌手。“流浪”的生活是浪漫的，也是艰苦的，世态炎凉和人间冷暖，旅途的快乐与生活的艰辛他都体验到了。他更多地了解了社会，更深地理解了生活，一首又一首充满着人文色彩的作品也伴着他的旅途产生了。

家中，尴尬着两位有名望的知识分子

当卢庚戌苦乐自知地圆他的流浪梦时，爸爸妈妈却经受着巨大的熬煎！

中国人好面子，知识分子更甚。更何况，卢庚戌从小成绩好，有口皆碑，又上了清华，本可以光耀门楣，可谁知突然去唱歌了。街坊、亲戚问起来：“你们家孩子干什么工作呢？工作得怎么样？”二老无言以对。时间长了，还有说风凉话的。十几二十年因儿子而骄傲的父母，这会儿真是面子扫地，抬不起头了。做妈妈的还要为儿子担着一份心，因为她连儿子在哪儿都不知道，又不能对丈夫说，只好一个人偷偷流泪。这期间，妈妈用尽一切办法想把儿子哄回来。有一次，她甚至托人在营口给儿子找了份儿建筑设计工程的活儿，对儿子说，人家就是希望你来干。儿子回家，设计得确实很漂亮，但干完活还是背着吉他走了。妈妈被气病了，心跳每分钟高达240次。望着病中的妈妈，卢庚戌心软了，嘴也软了，说不唱歌了。可是离开家之后，他还是放不下手中的吉他。

母亲失望之余，四处求援。卢庚戌原来工作的设计院的领导很理解卢庚戌，对卢妈妈说："你放心，让他冲，冲不出去再回来上班么。什么时候小卢唱够了想回来，我们都欢迎他！"这话虽然是客气的成分居多，卢妈妈还是很欣慰。更令卢妈妈开窍的是，这天她打电话到清华大学，恰巧找到一位曾教过卢庚戌的老师。这位老师听罢她的诉说后说："很多人都能搞设计，但他们不是都能写歌；卢庚戌在这方面的天才不是谁都具备的。将来不能唱了，年纪大了还能干建筑设计嘛。"这番话帮卢妈妈转过了思想上的弯。晚上，当卢妈妈向丈夫转述清华园老师的话时，丈夫也若有所悟，再三问："他真是这么说的吗？"

剪短头发再回家

这期间，卢庚戌很少回家，因为他每次回家都因为一头长发被爸爸骂，有一次几乎被老爸赶出家门。妈妈就劝他："你不会在回来之前先剪得短一点儿，回北京再留呗。"所以卢庚戌每次回家前，都忍痛把长发修剪一下。爸爸十分严厉，他从小怕爸爸，他们父子也很少沟通。这期间卢庚戌曾写过一篇《老爸》并谱了曲，但过后又忘了，是妈妈细心地为他留下了这份手稿。回忆到这一节，卢庚戌弹着吉他演唱了这首他几乎已经忘记了的《老爸》，头两句是：

"我的老爸在家不常说话，
他的脾气让我小时候有些害怕。
……"

关键时刻，还是父母出钱帮庚戌出了专辑

与每一个成功的人一样，卢庚戌也得经受磨难。流浪回到北京的卢庚戌并不是一下就在乐坛上出了名的。毕竟没有经过专业的训练，条件上还有些欠缺。关键时刻，还是爸爸妈妈支撑着他。他们为儿子找了著名音乐老师进行辅导。这位老师对卢庚戌还是很赏识的。说他很刻苦，琴弹得也好，很有希望。

特别重要的是，2000年，当卢庚戌需要出专辑来证明自己的时候，又是父母支持了他，他们借了10万元帮他出专辑，这就是著名的《未来的未来》。相比之下，卢妈妈更心疼儿子，因此也就更通达一些，她思想上有所转变后，还竭力说服丈夫支持儿子："不论能不能冲得出去，都得让孩子试试，别让孩子留下遗憾。实在不行再回去搞设计嘛。"

录专辑时，卢庚戌已经孤军奋战了好几年、快坚持不住了，实际上已经处于背水一战的境地。在录第一首歌时，"久经江湖"的他竟然也着急起来，而越是着急就越是唱不好。困难时刻，他打电话给妈妈，妈妈安慰他说："要耐心，不要着急，如果钱不够我们再借。"妈妈的话令他感动。他想：拼了，即使冲不出去，也不留遗憾！这样一想，心反而平静了，歌也就唱好了。《未来的未来》一炮打响，红遍中国。

父母的反思：不能要求儿子按家长设计的模式成长

面对大红大紫的儿子，父母当然很欣喜，但更多的是反思。做校长的父亲说：一个人只有在干自己想干的事业时，才有奋斗目标、奋斗热情和奋斗精神。要理解和支持儿女干自己愿意干的事

业，不能为孩子设计一个模式。而母亲则反思说，也许不包办，不替他做主报建筑系，他就会按部就班地做个物理学家或工程师，踏实富足地过安稳的生活。当然，社会也就少了一名优秀的人文歌手。所以，很难说对与错，失与得。

妈妈喜欢儿子写的歌词，盼儿子早成个家
儿子说：成家早晚并不重要，重要的是爱

妈妈不懂儿子的音乐，但喜欢儿子写的歌词，她认为儿子写的歌词人文气息浓厚。对于社会流行的如《未来的未来》、《纸婚》、《平安大街》、《蝴蝶花》、《一生有你》都很喜欢，说起来滔滔不绝，如数家珍，她还有一份珍贵的收藏：儿子在创作过程中，扔掉的许多手稿，她觉得也都很好，就一一拣起来收藏好。有时，当卢庚戌看到自己的旧作时，也会触发新的灵感，欣喜不已。

说到对于儿子的希望，妈妈是“注意身体和安全，早点成家”。对此儿子的解释是：妈妈催他成家最起劲儿的时候已经过去了。对于成家，他说：那应该是一种缘分，应当是很自然的，早与晚不是最主要的，最主要的是——爱。

附：卢庚戌创作歌曲选

一生有你

因为梦见你离开
我从哭泣中醒来
看夜风吹过窗台
你能否感受我的爱

等到老去那一天
你是否还在我身边
看那些誓言谎言
随往事慢慢飘散

当所有一切都已看平淡
是否有一种坚持还留在心间

多少人曾爱慕你年轻时的容颜
可知谁愿承受岁月无情的变迁
多少人曾在你生命中来了又还
可知一生有你我都陪在你身边

轻舞飞扬

我曾经深爱过一个姑娘
她温柔的依偎在我肩上
那晚屋里洒满了月光
我的心儿轻轻为她绽放
轻轻飞舞吧
轻轻飞舞吧
青春随着歌声在飞扬
我忍不住把爱恋对她讲
我以为她会一直在我身旁
我以为爱像永远那么长
在一个月光淡淡的晚上
她去了一个我不知道的地方
轻轻飞舞吧
轻轻飞舞吧
忧伤随着歌声在飞扬
我忍不住想把思念对她讲
我是爱你的孩子静静成长
直到脸上写满了沧桑
每当夜空洒满了月光
我的心儿就会随风飘荡
轻轻飞舞吧
轻轻飞舞吧
生命随着歌声在飞扬
你永远在我柔软的心房

美丽人生

蝴蝶是什么月光是什么
和爱情有什么关系
我是飞象我是海鱼
我是我想变成的东西

我不知美丽人生是什么
我只知道我爱你
我们的爱情永远不会老
我是热爱音乐的孩子

啊　娜娅咿娜娅咿啊
我爱你啊爱你啊……
啊　娜娅咿娜娅咿啊
爱它不会老不会老……

蝴蝶花

是否还记得童年阳光里
那一朵蝴蝶花
它在你头上美丽地盛开
洋溢着天真无邪
慢慢地长大曾有的心情
不知不觉变化
痴守的初恋永恒的誓言
经不起风吹雨打

岁月的流逝蝴蝶已飞走
是否还记着它
如今的善变美丽的谎言
谁都得学会长大
早已经习惯一个人难过
情爱纷乱复杂
想忘记过去却总又想起
曾经的无怨无悔

谁能够保证心不变
看得清沧海桑田
别哭着别哭着对我说
没有不老的红颜

谁学会不轻易流泪
笑谈着沧海桑田
别叹息别叹息对我说
没有不老的红颜

水

就在这个寂静如水的夜里
你又悄然忽隐忽现我梦里
如水飘来散去让我无法呼吸
我知我的心底在无声哭泣
我以为把你忘了
忘了那些伤痛记忆
我以为已把你忘了
为何总在欺骗自己

那些为你生为你死的日子
连同谎言一起都被水带走
我是真的真的如此爱过你
甘心这样这样的傻这样的痴
我以为把你忘了
忘了那些伤痛记忆
你从来没有爱过我
我却总在欺骗自己

只有时间不会说慌
只有时间能带走一切

未来的未来

从没有对你说
我忍受这孤独漂泊
只因为不放弃
从前许下的承诺
怎么样的生活
无法停止我心中的火
你是否能感觉
对你的爱我从未变过
最怕听见你说寂寞
我会放下自己来陪你
最怕看见你哭泣
我会忍不住把心给你
快乐和眼泪
在未来未来的未来
你能否能否看得见
我深情到心碎
幸福和疲惫
在未来未来的未来
全世界世界都听见
我寂寞的誓言
我爱你

感悟与思考

因为选择，所以分歧。曾几何时，我们与父母不会在择业问题上有这么大的分歧，一切仿佛按照惯性向前发展，小学、中学、大学、分配工作、结婚，一直到老，我们也许都不知道自己最适合的工作是什么？自己最喜欢做的事情是什么？孩子能够按照自己的喜好选择职业是社会的进步，我们应该欣喜。之所以出现两代人的分歧，是因为为人师者、为人父母者需要树立新的择业观、重新审视自己的价值观。庚戌的父母毕竟是高级知识分子，虽然曾经痛苦、曾经焦虑、曾有不甘，但是他们理性的对待、妥善的解决，所以庚戌成功了！

中国传统的价值观并不提倡孩子的个性张扬，我们经常对孩子说得最多的一句话是“你要听话”。我们很少关注孩子生活得是否快乐，却更多关注孩子是否听老师的话、听妈妈的话。我们不是鼓励孩子大胆去创造、去异想天开，却是教导孩子要循规蹈矩、唯唯诺诺，常此以往，民族的创造性从何而来？

父母整天以“过来人”自居，反思我们自己的价值观，真的比孩子们的更高明吗？我们的价值观是不是比孩子的价值观更多了一些功利，少了一些理想；多了一些奴性，少了一些个性？在发展如此迅速的今天，我们拿着自己几十年前的教训来规导孩子的行为，是不是也是一种短视行为？

琴弦上的爱

作为全球著名的小提琴家，吕思清的成长离不开父亲的培养。而父亲吕超青，则对音乐事业情有独钟，以他独特的方式对中国的音乐事业作出了特殊的贡献。在过去的16年里，吕思清立足于中国乐坛，活跃在世界舞台，将西方古典音乐的高贵和东方传统文化的儒雅相汇于琴弦上。这是对于生活的爱，对于家人的爱，也是对于祖国的爱的音乐之声。

当年，邓小平曾骄傲地对外国友人说，我们有一个孩子7岁就会拉琴，而且拉的都是大曲子。这个“7岁的孩子”就是吕思清；他3岁时听别人拉琴就能听出哪个音符拉得不准；4岁开始学拉小提琴并表现出过人的天赋；8岁被中央音乐学院破格录取，成为这所著名学府有史以来年龄最小的学生，被人誉为“乐坛神童”；11岁时，被世界小提琴大师耶胡迪·梅纽因看中，被选派到英国梅纽因天才音乐学校留学；17岁时获得国际小提琴艺术最高奖——意大利帕格尼尼小提琴大赛金奖，这项占国际小提琴比赛头等位置的赛事，因为评委的苛刻与严谨，在此之前第一名已空缺了12年。17岁的吕思清以初生牛犊的勃勃生气和高超的技艺，打破了这长达12年的沉默，并成为第一位获得这一奖项的东方人；19岁时赴美国纽约，在著名的朱丽亚音乐学院学习，期间随世界著名小提琴教育大师萝赛·迪蕾深造。

在过去的16年里，他立足于中国乐坛，活跃在世界舞台，将西方古典音乐的高贵和东方传统文化的儒雅相汇于琴弦之上。这位被国际权威音乐杂志《THE STRAD》誉为“难得一见的天才”的杰出中国小提琴家，目前是拿索斯（NAXOS）远东录音公司旗下的专属签约演奏家。

第一次见到吕思清，觉得他比照片上要清秀、年轻许多，各种海报上、报刊上他的那些照片都比他本人要显得成熟沉郁得多。一头俊朗的“自来卷”，一身随意的休闲装，看上去更像一个白净文气的大学生，或者，年轻儒雅的教师。或许，能透露他身份的，只有那白皙修长的手，和右手无名指上戴到指根的金戒指？

思清总是满脸浅浅的笑意，帅气而自然，他的活力从来不是飞扬跋扈的那一种，他是周到的、细致的、轻松活泼的，他

身上有那么一种天生的随意、亲和。

记者听过这样一件事：有一次，吕思清与钢琴家孔祥东在山东会堂联合举办新年音乐会。开演前，后台的几个装台的工人看到手拿着小提琴的他，就招呼道："嘿，哥们儿，给咱拉一段听听。"吕思清二话没说就拉了一段。几个工人听后说："嗯，不错，挺好听。"吕思清听后点头报以友善的微笑。这段小小的插曲，一时在圈内传为美谈。山东电视台的一位朋友在跟记者说起这件事时感喟不已："世界级的大家，竟然一点架子也没有！"

记者向吕思清求证，他对此已经记不清了。他的谦和不是做给什么人看的，而是一种固有的品德。在耀眼的殊荣之下，依然能保留着一份平易，难得。

初为人父，感慨万千

见面寒暄，我们给初为人父的吕思清道喜，谈起儿子，他的脸上掩饰不住内心的幸福。他给我们看了一段儿子的DV。小家伙像极了爸爸，白白胖胖，一双大眼睛黑而明亮，透着机灵。

10个月的"准爸爸"和8个月的"真爸爸"，这一年半的幸福时光，让这位享誉全球的音乐天才有了许多人生思考。

吕思清与太太感情笃深。得知太太怀孕的那一刻，他就决定在太太生产前后各一个月推掉所有的演出，专心致志陪太太生孩子。稍稍出乎意料的是，儿子是个急性子，他的出世比美国大夫算的预产期提前了整整十天，使远在大洋彼岸的奶奶猝不及防，吕思清也就责无旁贷地做起了全职丈夫。

美国的医院是允许丈夫守候在生产现场的。2004年4月1日，吕思清清晨4点把太太送进医院，直到傍晚6点儿子出世，他一直陪在太太身边，太太经受的痛苦，让他对生命多了许多感触。

太太吃不惯医院的营养配餐，从不下厨房的吕思清就亲自为太太煲汤，他把他认为有营养的东西，不论是排骨、姜块，还是青菜萝卜，都一股脑儿扔进了锅里。太太还直说好喝。

出院回家后，吕思清就没睡过一个囫囵觉。儿子能吃，每隔一个多小时，他就得把儿子从小床上抱到太太身边，看着喂完奶，再竖着抱着轻轻拍打，等到儿子打出那个饱嗝，再把他放回到小床上。吕思清不光要当这个“运输大队长”，还兼任着“清洁工”，儿子能吃就能拉尿，他说，换尿布还不是太困难，“如果儿子拉了臭臭，就比较麻烦了”，一夜夜折腾下来，儿子胖了，爸爸瘦了。做了二十五六天全职丈夫的他感慨地说：“我才大半个月，就觉得快累趴下了。太太可是十月怀胎啊。不容易啊，真是不养儿不知父母恩啊。”

儿子改变了我许多

儿子的第一声啼哭对吕思清的震撼无以言表，当时吕思清含着泪笑了。

“生命真是太奇妙了，刚刚出生的小东西，眼睛就能看着我，眼神里包含着许多内容。”更有意思的是，小家伙与吕思清和音乐有一种天然的特殊感情——五个月时就能叫“爸爸”。在世界各地飞来飞去，吕思清每天都会给家里打个电话，太太每次都会让小家伙接听，后来只要家里电话一响，小家伙就叫“爸爸爸爸”。

在家里，吕思清还经常跟儿子“捉迷藏”：吕思清躲在门后面，儿子会把整个腰倾斜过去找。

小家伙的音乐天分是吕思清无意中发现的。吕思清练琴时不习惯现场有人听，喜欢在一个封闭的环境下练琴。但儿子的出世打破了这一惯例。有一次吕思清在客厅里一边看着儿子一边练琴，发现儿子躺在婴儿车里很专注地听了一个多小时，吕思清愣了，觉得太不可思议，因为不论是抱着还是让他自己躺着，最多十分钟他就哼哼，要求改变姿势，这次居然一个多小时一动不动。后来屡次印证都证实了这一点，只要吕思清一拉琴，儿子马上扭过头朝琴的方向看，到后来，竟然发展到一听到琴声或是吕思清的声音就笑，以致太太都不无"嫉妒"地自我解嘲说："儿子看我看得太多了，'审美疲劳'了。"记者打趣说："可能你儿子知道，平常听吕思清拉琴，是要花很多很多钱的，他珍惜这免费听曲的机会。"

记者问吕思清将来要不要叫儿子学音乐，吕思清说这是不可避免的，音乐作为一种修养，对任何学习者都是受益终身的。

一张旧照片，一份手绘琴谱

成为父亲的吕思清对人生感悟的飞跃是多方面的，一张普通的照片就令他感触颇深。这是一张父亲与他在青岛鲁迅公园的照片，父亲抱着他，父子俩紧贴着脸。原先吕思清也经常看这张照片，感觉也就是比较亲切而已，现在他抱着自己可爱的儿子，也喜欢贴紧儿子的脸，那种软软的热热的感觉带给他的喜悦是无法言说的。看着这张旧照片，吕思清对父亲的感情突然不可遏止地奔腾激荡，就像鲁迅公园面临的大海。

吕思清的父亲吕超青，也是一个非凡的人物。他是中国音乐家协会中唯一不是专业音乐工作者的会员，这不是因为他培养了吕思清这样的天才小提琴家，而是因为他对音乐执著的爱和卓越的贡献。他自己最擅长的是钢琴，小提琴只学了3个月。但由于钢琴价格昂贵，他只好教儿子们学相对便宜的提琴。

吕思清的大哥在父亲的教育下考上了中央音乐学院，但却因“政审”不过关而失去深造的机会。这让吕超青很是消沉，对次子的教育就放松了一些。但当他看到3岁的吕思清表现出的超凡音乐天分后，他心中的火苗又开始燃烧。

那时文革还没结束，拉小提琴仍然是不合时宜的。不说别的，琴谱都难找，吕超青就向相识的或未曾谋面的小提琴教师借，借来抄下后再还人家。后来他想，肯定也有像他一样缺五线谱的人家，就把抄改为油印。那是上世纪70年代，中国不但乱，而且穷和落后，根本没有什么复印机，有也用不起，用的是钢板和蜡纸，一笔一画地刻好，再用油印机印，印好再装订成册，免费寄给相识的和不相识的音乐家和小提琴教师。这在当时的吕家，不但是一笔很大的开销（吕思清的父母当时全部收入加起来还不足100元钱），也是一项颇为繁重的工程，吕超青除了上班和睡觉，其余全部的时间和精力都用在了刻钢板上，清早4点到早饭、中午、晚饭前，晚饭后到深夜，他都是伏在钢板上专注地刻，表现出了一种令人难以置信的痴迷，每次吃饭都要特别叫好几次。

这份来自民间的油印五线谱“刊物”成为当时全国各地各音乐学院小提琴教师和音乐家的宝贝，而他们中的大多数却未与吕超青谋过面。后来，当吕思清被破格录取为中央音乐学院学生后，为了让家长照顾他，同时解决吕家的经济困难，中央音乐学院专门聘请吕超青为《音乐创作》杂志的绘谱员。今天，当我们拿到这本当时印数仅3000本的杂志时，根本不敢相信整本整本杂志内所有整齐划一、极为规范标准的五线谱符号、乐谱下的汉字和乐谱的标题字都是手绘的！

也许，有这样的父亲，才有吕思清这样的儿子！

吕超青对绘谱执著的爱，对音乐无私的贡献，无意中成了后来吕思清学琴深造的通行证。当吕思清年龄渐长，到处求名师指教时，无论在哪个城市哪个学校找到哪个著名的音乐家或小提琴教师，都会受到极为热情的接待和无私的教导。因为，他们都曾在多年前受惠于吕超青定期寄来的油印琴谱。

在吕思清的脑海中，有这样一幅定格的画：父亲伏在案头，全神贯注地绘乐谱，不论是在家里还是在中央音乐学院那间小小的琴房里，只是随着时间的变迁，父亲的一头黑发变白了……

父爱如山，一支冰棍和半瓶醋

吕超青对儿子的爱表现为对儿子的严厉。其实吕思清学琴很自觉很投入，包括他儿童时代。哪个孩子不贪玩？当他被父亲从小伙伴中叫上楼练琴时也心有不舍，可是当他拉起琴，过不了十几分钟，就会忘掉一切，完全进入音乐之中。对此，父亲根本不用操心。父亲更看重的是教他如何做人。

吕思清记得在他四五岁时，有一次跟父亲外出，天很热，吕思清很想吃一根冰棍，那时一根冰棍才2分钱，但父亲就是不给他买，后来父亲说，这是为了锻炼他的意志；还有一次，也是在吕思清四五岁时，做中午饭时，家里没醋了，父亲叫吕思清去买一斤醋。吕思清拎着瓶子出了门，发现那天的风特别大，小铺虽然不远，但却是顶风上坡，一出门，小小年纪的他就被刮得喘不过气来，而且倒退了好几步。吕思清小脑筋一转，就到邻居的表姐家要了小半瓶醋。回家父亲问："买回来了？"吕思清答："买回来了。"可小半瓶醋怎能瞒得了父亲？他受到了严厉批评并罚站，父亲要让他知道，一是不能畏难退缩，二是不能撒谎。

一天之差
——永远的痛

功成名就的吕思清旅居美国，与父母家人隔海相思。有一次父亲来看他。当吕思清在肯尼迪机场看到满头白发、身体消瘦的父亲时，一种莫名的悲伤黯然划过他的心头。但他还不曾想到积劳成疾的父亲已经重病在身。父亲病了，且是多种疾病缠身，但父亲一直不让告诉儿子们，尤其是不让告诉事业正起步的吕思清，每次吕思清在越洋电话里问起父亲的身体，都说这一阵比较稳定，有好转，含糊其词。2000年春节吕思清回青岛到医院看望父亲，发现父亲消瘦得很厉害，手臂上的皮一拉老长，才意识到父亲病很重了，顿时心如刀绞。

吕思清今生最大的遗憾，是仅仅差一天，没能见到父亲最后一面。当接到“父病危”的越洋电话时，吕思清立即辞掉了演出，取道北京飞赴青岛。在北京转机时，他打电话问父亲的病情，母亲只说：“回来再说吧。”他就意识到父亲已经永远离开他了。原来，就在他从美国赶赴机场时，父亲已经撒手西去！

父亲的去世令吕思清非常悲痛，痛定思痛，他觉得有三大遗憾：一是一天之差，未能见父亲最后一面；二是父亲没有亲眼见到他的小孙子；三是父亲辛苦了一辈子，做儿子的没能在父亲面前尽孝。

他说，我的今天，是父亲给的。他不仅给我生命，还有人生的力量和精神，纪念和报答父亲最好方法就是走好人生路，事业有成，用音乐给父亲带来最大的安慰。

爱从琴弦流出

现在，让我们听一下这位天才小提琴家对于音乐和人生的理解、感悟。

吕思清在不长的时间内经历了儿子的出世和父亲的去世，感情的大喜大悲不能不引起他对人生的感悟。他说，“儿子的出世，父亲去世，也包括结婚，对我都有很大的触动。一个人对音乐作品的理解、对演奏状态的调整和磨炼是和人生经历、知识的丰富程度以及实践有很大关系的。每个音乐家不同时段的表现都不一样，只要在那个时段表现出来的是他能够表现的最好的就可以了，没有必要在时间段上做比较。因为对小提琴的技法和对音乐的理解是局限在一定层面上的。”

他坦诚地说：“如果听我以前和现在的作品，即使不懂音乐的人也能听出不一样的东西。所以说人生阅历对我们这样的人来说尤其重要。”他进一步说：“（做了父亲以后）我的情感更丰富，同时有更多的释放，更加感受到亲情的弥足珍贵。以前的我比较含蓄，愿意把情感埋藏在心底；现在则是比较开放的直接表达。其实不只是亲情，其他方面也是需要情感表达的，然后渗透到我的音乐当中。”

彻底享受生活赋予的乐趣

人们对于音乐家的印象，如同数学家一样，除了神秘，还有一些刻板。但我们接触到的吕思清完全不是这样，用他自己的话来说：“生活不只是琴弦上的竞技，我要彻底享受生活赋予的乐趣。”

吕思清小时候除了喜爱音乐，还有很多梦想，其中之一就是成为一个演员，而且差一点就演了电影。当时有一个很好的电影《琴童》，在全国各地找演员。当时有人推荐说，有一个小孩子拉小提琴，拉得非常好，长得也不错。他们找到吕思清的学校，叫他到上海试镜，试镜顺利通过。那时正好美国小提琴大师斯特恩到中国访问，听了吕思清的演奏，非常赞赏。跟中央音乐学院的院长、老师们交流的时候，大师知道了吕思清要拍电影的事。结果这位大师说："不好，让他专心练琴。"这个电影就没有演成。

后来有一段时间他对体育解说也非常有兴趣。"非常有意思的，我很迷恋体育。当时像国际上田径项目，所有的男女世界纪录我都背得出来。到了英国以后，当然现在英超大家都是很熟悉了，但是当时是英甲，还没有英超，我那时就已经开始关注了，我每个星期必买那些体育杂志，把我喜欢的球队、队员都贴到床头，是铁杆球迷。后来回国以后，听体育解说，我总是觉得我可以解说得更好。我如果做解说员会做的很好的，当时对每个球员是从哪里来的，转会费是多少等等，都知道。"

很多人觉得古典音乐家是很神秘的，其实台下的吕思清，生活中不只有小提琴。除了古典音乐以外，作为休闲，他也喜欢爵士乐、流行音乐等不同类型的音乐，流行歌曲中，他最喜欢邓丽君的歌。

让儿子在中国过第一个年

吕思清的太太是学声乐的，现在她放弃事业，专职相夫教子。对此，吕思清心存感激的同时也感到几分愧疚，他一直觉得妻子放弃她的事业跟他到美国很可惜，如果在国内好好努力说不定她现在会比吕思清更有知名度。吕思清一直希望她能留

下一些东西。有一个朋友专门为他们夫妻两个创作了一些音乐作品，正准备制作时恰巧太太怀孕了，没有办法整盘都做下来，就只录制了其中的4首，都是吕思清亲自为她伴奏的。制作录音的时候太太怀孕已经5个多月了。这张夫妇合出的CD，也可以算是吕思清对太太的一点补偿吧。

吕思清定居在纽约。但作为世界顶尖的小提琴手，他每年大概有7个多月的时间要在亚洲、欧洲各地演出、旅行。吕思清很喜欢坐飞机特别是长途飞行，这也是他最轻松、休闲的时候，因为没有人可以找到他。一年中他飞行了几十万公里。他说可能只有空姐和驾驶员比他飞的里程多了。常常第一天到达第二天就演出，总是处于调整时差的状态中，他会努力把自己的状态调整到最佳，保证每次都发挥出最高的水平。他对待每一场音乐会的态度都是用百分百的努力去准备，然后投入百分百的激情把他最好的音乐和水平发挥出来。这是观众最希望看到的，也是他作为一个演奏家对观众给予的最真诚的喝彩和掌声最好的回报。同时这也是出于对音乐的虔诚。很显然，这也是由于父亲的影响。

不工作的时间显得特别宝贵，练琴只是生活的一部分，和家人在一起也是很重要的，儿子没出生时他常跟太太一起去度假。也常常陪太太去购物。吕思清感慨地说，其实做音乐家的“另一半”是很辛苦的，一年中与太太见面的时间很少，有时半年都见不了一面。快过年了，他特意安排儿子人生中第一个年在中国度过。这也将是他们一家三口难得在一起过的一个年。

愿吕思清一家在中国过一个愉快的年。愿吕思清的音乐事业如日中天，长盛不衰。

感悟与思考

人生面临很多选择，选择了一边就意味着放弃了另一边。音乐追求的是完美和极致，追求情感的宣泄，它不是简单的浪漫，而是一种情趣、一种境界，然而追逐音乐的路上却是寂寞的、辛苦的、漫长的甚至是乏味的。吕思清在追逐音乐的路上却走得艰辛而不失趣味，寂寞又不缺温情，这是因为他有一位智慧的父亲，一直陪伴在他行进的路上，指引着前行的方向。

“热爱”——教育的绝对前提。吕思清回忆自己小时候学琴的那种执著劲儿，都觉得自己挺可爱的。这是因为那是他发自内心地喜欢上了小提琴，不带任何功利色彩，执著地喜欢，也不管这种喜欢将来能换来什么。我们很难想象对一件不热爱的事情，怎么能全身心地投入去做。吕思清还在摇篮车里时就已经表现出对音乐的天赋和热爱，所以在他的成长之路上我们并没有感受到一些励志故事中的心酸，他累并快乐着！所以我们的家长在培养孩子的过程中，一定不能无视孩子的兴趣爱好，非要按照自己的主观愿望去塑造孩子，要知道每个孩子都是不同的生命个体，不是可以任我们随意摆放的棋子，我们要发现和培养孩子的爱好和特长，顺应孩子生命伸展的方向，让每一个孩子长成自己生命的树，而不是长成父母手下的盆景。

在要求孩子努力学习时，你有没有流连于麻将桌、KTV？在教育孩子要诚实守信时，你有没有背信弃义、违约违章？在教育孩子要尊老爱幼时，你有没有为了父母财产与爹娘兄弟争得面红耳赤？要知道，我们就是孩子的一面镜子，要想正子，必先正己。

春联王

他们是一对普通的夫妻，是中国善良朴实的农民代表。他们以辛勤的劳动供养3个儿女读大学。和所有的父母一样，他们无怨无悔、不图回报，甚至自己累倒了也不告诉儿女。父母不求回报，但作为儿女却不能不思回报，他们的事迹感动了许多人，特别是大中学生。许多学校以这期节目为教材，开展了“知父母苦、感父母恩、报父母情”的专题活动。

迎新年，庆新春，家家户户贴春联。大门口贴大的，房门贴小的。大宅大院、富户人家房子多贴得也就多，但再多也就是五六副七八副。而山东鲁西北有一户并不富裕的农家却扯上铁丝挂得满院都是，连柴垛上都放满了，大大小小宽宽窄窄少说也得几百副,有时连门外胡同的柴垛上都是红红火火的一片。

这就是当地小有名气的“春联王”家。写这些春联的人名叫王于科。在晾春联的，是他的妻子。满院子的春联是在晾晒，赶紧晾晒干了好带到集上去卖。

但春联王家出名并不是因为写春联，而是因为这一家两男一女3个儿女都在读大学。

这对勤劳纯朴的夫妻供养着3个大学生！

第一次写了春联，却不好意思去卖，是由老父亲去卖的

老实本分的王于科是个木工。1994年春节前，他在当地木工厂干活时，有位工友找到他，说王师傅你不是会写毛笔字吗？给俺写副春联吧。王于科说：我那字不好，写来让人家笑话。工友说：我看你写得不孬，别谦虚了。说着就买来红纸，拿来笔墨。王于科不好推辞，就挽起袖子，抖擞精神，挥笔写下“大地回春万象更新”八个大字。围观的人都说好，接着又有人买了纸来要求他写，王于科本来就喜欢写毛笔字，只是家里穷得连纸都买不起，有一次就买了本旧报纸的合订本练字。这次有了机会，当然是越写越来劲，竟一气儿连写了十几副，着实地过了一把瘾。回到家兴犹未尽，便来到对门的启蒙老师家，对

老师说了这事。老师虽然是教私塾的，却挺有经济头脑，他对王于科说，你不是喜欢写字又买不起纸吗？这倒不失为一个好办法——你买上纸写春联，把春联卖了，不就既练了字还有了纸钱？王于科一听对呀，立即就去买了红纸，一鼓作气写了七八十副春联。写好了，却没有勇气拿到集上去卖。叫孩子们去，孩子们也都没干过这事，抹不开面子，都不去。王于科的老爹说：不卖怎么着？这么多春联咱自家可贴不了。不能白白地糟蹋了钱！你们都拉不下脸来，怕丢人，我去！于是老爹爹把春联卷起来上了集，六毛一副、七毛一副，居然很快卖完了！刨去纸钱，居然还挺有赚头！王于科见此，也来了精神，就抓紧年前的三四天时间，夜夜写到半夜12点，白天发动孩子们上集卖。从此，写春联成了王家一笔重要的收入。

全家齐上阵，
春联生产一条龙

也许有人会认为，写春联么，不就是写字么，没什么了不起。这可错了，不论干什么，都得付出辛劳。写毛笔字可是个费神的活，想词儿，布篇谋局，写；写了还得晾干。冬天不易干，就得全家上阵，把屋里屋外一切能利用的地方都用起来。大字的墨多，得平端平晾，比如自行车，放倒，就能晾好几副春联。小字的，就可以挂起来晾了。王于科写，妻子和儿子女儿晾、卖。春节期间，孩子们还特别注意各地的春联，发现有新鲜词就抄下来，及时提供给爸爸。全家人形成了搜集资料、写、晾、销一条龙。

有时，王于科还到集上去现场写。天冷。手冷尚在其次，关键是墨水冻住了没法写，就得等到太阳出来墨水化开了再写。

在集上写当然效果更好，观众也就是顾客，指点评论，起哄，点词儿，挑选。有的顾客买好了，把春联随便一窝就要走，王于科总是喊住人家，替人家把春联仔细叠好，还嘱咐人家怎么贴，才放心。

为孩子上学，
夫妻俩甘心付出一切

王于科写春联补贴家用，主要是为供3个孩子上学。王于科自己从小就喜欢读书。但在那个特殊的年代，他失去了就读的机会，成为他人生的一大遗憾。他说，不能让自己的遗憾在孩子身上重演！3个孩子，不论是男孩还是女孩，只要他们愿意读，能考上，不论读到多么高他都全力供养！3个孩子也争气，一个个先后考上了大学。现在都在大学就读。大儿子上大四，女儿刚考上。同时供3个大学生可不是一件容易事儿！王于科白天上班，晚上写春联；而他的老伴儿则忙着割鞋底卖鞋底，割鞋底可是件力气活儿：胶皮很厚，而且很结实，得用一把特制的刀，用尽全力才能割下来。割一副才挣三四毛钱。为了尽量多割几副，她起早贪黑地干，有时甚至连午饭都顾不得吃，累得胳膊都抬不起来，拉不动风箱。为此，王于科发挥聪明才智，专门在厨房里砌了一个自动通风的灶台，使得老伴不用拉风箱就能做饭。

干什么都不容易。就是割鞋底这样简单的力气活，也要到很远的地方去进货。有一次，王于科的老伴贪多，进得多了一点，推着小车走不动，天黑透了才走到半路。收工回家的王于科做好了饭却不见老伴回来，一等不来、二等不来，他担心老伴出事，越想越害怕，就出去找。四下里黑黢黢的，他边走边

喊。终于发现推着小车艰难行进的老伴，他百感交激，本想呵斥老伴，可话没出口，泪却先流了下来………

写春联每年毕竟只有春节前那么一段时间，再红火，挣的钱也有限，木工厂这几年不景气，为了多挣钱，王于科就跟着装修队到处打工。他干得最多的活是铺地板。长期蹲着干活，使得王于科膝关节受伤变形，他已经不能蹲着干活，而是跪着！当他学医的子女看到父亲的X光片，禁不住流下了泪水。原来，兄妹三个都不知道父亲的伤病！

除了暗伤，还有明疾。王于科的手就缺了一小节手指。这是被电锯削去的。十指连心，遭多大的罪只有他自己知道。但说起自己的伤病和残疾，他却一直遮遮掩掩，能不说就不说，能少说就少说，他说，他和老伴儿的病，都不让孩子知道，以避免影响孩子学习。

家里一下子出了3个大学生，村里人都很羡慕。有人说："老王啊，你们老两口可是有福之人啊，3个孩子都上大学，眼下虽说是苦了点，可过几年，孩子毕业工作了，你们就光等着享福吧。"

王于科说：其实，我和老伴儿从来没想过这事，也没想过孩子毕业后挣很多的钱。只要他们好好学习，成为对国家有用的人才，我们也就心满意足了。"

常言道，父慈子孝。王于科的儿女也特别懂事儿。他们说：父母如此辛苦地供养我们，我们无以为报，只能以好好学习来回报。在学校，他们都非常优秀，记者看到了两个儿子的一大摞证书，三好学生，优秀班干部，连续多年奖学金获得者……正如王于科所期望的那样，今天的三好学生、优秀班干部，明天肯定是国家的有用之材。

感悟与思考

生命深处，是父母匍匐的爱。

王于科的3个孩子是幸福的，他们的父母像山一样地站立在他们身后。有了父母的依靠，困难可以被征服，贫穷可以被超越，生活可以更安全、温馨、幸福与广阔。其实，每个身为儿女的人，谁不是生活在父母之爱中呢。不论子女走多远，回首时，总有父母关切的眼神。从幼儿时的哺育，到成长中的点点滴滴，生命中，还有什么感情能比父母之爱更博大、更谦卑、更无私呢。父母之爱，仿佛匍匐脚下的土地，滋养着子女的生命，承托着子女的未来。

感恩，是生命的反哺。

父母的哺育，为子女铺就了一条远行的路。可是忙碌的行程中，我们却常常会忽略太多。因为生活的琐碎与工作的压力，我们常常忘记给予父母关切的眼神；因为流俗的追求，我们常常心安理得地享受父母的付出却忘记了父母的期待。抛却世俗与浮躁，父母之爱永远是沉淀在我们生活中的最厚重最可靠最珍贵的生命馈赠，是伴随生命过程的最深情最专注最温柔的一首歌。所以，无论生活的境遇如何，都不要忘记把温暖送给我们生命中最该珍惜的人。父母，也需要子女关切的眼睛。

生活中，你有没有考虑过父母的快乐与要求？有没有注意过父母的疲惫与病痛？有没有发现父母的孤独与不快？让我们一起来关心父母，一起以爱的方式来温暖我们生命中最可爱的人。

评书与亲情

在儿女眼中，父亲知识渊博，宽厚仁爱，广交朋友，仗义疏财。受到这样的影响，儿子老铁在生意场上也秉行同样的原则。因为他对生意伙伴的尊重和守时，首付只付了1万元，最终却做成了超过300万元的交易，原因就是对方的信任。而谈到这一点，儿子说是父亲教给他最重要的品德就是诚信、守时。

每一天的每时每刻，评书大师单田芳那略带沙哑而又充满磁性的声音都通过数以百计电台电视台的电波传遍地球的每一个角落。如果你坐过出租车，你就会更深刻地感受到这一点，不论你是在何处，也不论是何时，司机让你收听的，十有八九是单田芳的评书！也许，单田芳的声音是当今华人圈子里最具吸引力的声音了吧？眼下，单田芳已经整理成音像资料的评书有100多部，一万多集（每集24分钟），如果每天播出一集，能连续播出35年。

年逾古稀的单田芳身体康健，精气神十足，他乐观豁达，学习和创作都很勤奋。前些年，为创作二战题材的长篇评书，他还专程到日本、法国等国家考察访问。现在，单田芳每天都是凌晨三四点钟起床，走进他自己家中的录音室，先备课，然后为各地电台录制节目。他还在新浪网上开了“博客”，与广大“书迷”进行交流，他人气极旺，点击率还相当高呢！

走近单田芳，走进他的感情世界，你会发现他虽然出身于曲艺世家，却不想从事曲艺事业，但考上大学后却又因病被迫辍学。阴差阳错的他走上三尺书桌，正当大红大紫的时候却被遣送到农村，历尽九死一生的磨难。多亏妻子相濡以沫，多亏一双儿女扶持慰藉。一朵小小的水泡花，帮助他们全家度过那些不堪回首的日子，凸显浓浓的亲情。

东北工业大学学生，阴差阳错走上三尺书桌

单田芳出身于曲艺世家。但在旧社会，说书人属于“下九流”，没出息，纯粹是为了养家糊口。单田芳的父辈都没多少文化，父母亲支持他好好上学，他也真争气，学习上一直是名列前茅。上世纪50年代初，19岁的单田芳考上了东北工业大学。可惜的是，

关于这段历史，只有一张他青年时意气风发的照片可资回忆了。刚刚开学没几天，他就犯了痔疮，而且很厉害，不得不请假治病。那时医院水平差，治病又不顺利，动了三次手术才治好，这一耽误就是好几个月。当时大学里学俄语，单田芳学外语的悟性本来就不高，这一落下，就更是追赶不上了。他后来的恩师、也是他父亲的好朋友就劝他弃学从艺。他对单田芳说：咱们曲艺界祖祖辈辈没有有文化的，靠的都是口口相传，很多好东西都很难流传下来，有的还可能以讹传讹。如果你干这一行，就是曲艺界的状元，前途无量。那时兴早婚，单田芳也已经结了婚，妻子也劝他弃学从艺，过甜甜蜜蜜的小日子。内外夹攻，单田芳牙一咬心一横，走上了从艺的道路。

说书都是在茶馆里。一开始单田芳是插空说。有些名气的师傅在人多的时候说。说完了，在两场节目之间，观众相对少的“非黄金时间”里，单田芳上去说上一段，这叫“板凳头”。没想到他一炮走红，很快就得了个“板凳头大王”的美称。

正当红时，却被遣送到农村“改造”

到上世纪60年代，单田芳已经是国内颇有名气的评书演员，也是团里的台柱子。正当他事业大红大紫、如日中天的时候，文革开始了。事业的走红早就令许多人妒嫉，生性耿直的他又惹着了一些人，于是他在这场劫难中就只能是在劫难逃。他无端获罪，被遣送到农村“劳动改造”。妻子儿女也跟着他下到农村，受了不少的苦。一双儿女年纪虽然小，却非常地懂事，非常地孝顺。就在农村，在那样艰苦环境中，单田芳还给他们讲故事，先是讲《三国演义》，一双儿女听得如醉如痴，接着是《红楼梦》，两个孩子听起来就有点儿走神，单田芳就耐心地对孩子们说这是本如何伟大的书，特别是书里的诗词是如何的美，他一句一句地给孩子讲解，使孩子长了不少的知识。虽然是受父亲牵连，却从未怨恨过父亲。相反，对父亲却更加孝敬关心。

有一次，小队长喝了酒大发淫威，凶巴巴地勒令单田芳连夜打扫干净队部场院的雪。那场院很大，积雪一尺多厚，就是10个人一夜也打扫不出来。单田芳一个人默默地打扫着，干着干着，女儿和儿子扛着工具来了，原来他们担心父亲一个人干不完，来帮助父亲了。3个人把积雪装到一个平板车上，单田芳拉出去。干到后半夜，才清出很小的一块地盘。单田芳运雪回来，发现一双儿女在雪地里睡着了！他非常心疼，想，别人家的孩子能在热炕上的暖被窝里睡觉，我的儿女为什么要在雪地里受罪？不干了！天塌下来有地接着，有什么罪过都由我来承担，不能连累孩子们。于是他叫醒儿女，3个人回家睡觉了。忐忑不安地过了一天又一天，预期中的灾难却没有来——小队长是酒后胡言，说过他自己就忘了！

女儿慧丽和儿子老铁（上图右）自小在爸爸身边长大，父亲总是教他们认真读书，诚实做人，礼貌行事。他们非常热爱和崇拜父亲，在他们眼中，父亲知识渊博，宽厚仁爱，广交朋友，仗义疏财，根本不可能是所谓“现行反革命”，特别是儿子老铁，生性倔强，谁骂他父亲他就和谁急，处处护着父亲，尽管他瘦小的身体和细细的胳膊并不能有效地保护父亲。这天，女儿慧丽告诉父亲，她听说学校要批斗弟弟。单田芳听罢，心急如焚，赶紧放下手中的活儿，来学校探听情况，由于身份特殊，他不敢贸然到学校里面，只能躲在不被人注意的角落向学校张望。果然，学校正在开批斗大会，他年幼的儿子老铁正在台上接受批斗，他看到，尽管儿子眼里含着委屈的泪水，但却不肯低下倔强的头。亲眼看着儿子受此羞辱，自己又不敢也不能“挺身而出”保护儿子，单田芳心如刀绞！傍晚，儿子放学回到家，只字不提在学校受到的委屈。看着懂事的儿子，单田芳也不忍心说破自己偷偷看见儿子被批斗的真相。那真是，无语执手，泪眼相望，彼此心知肚明。

铤而走险逃回城，水泡花救活一家人

农村生活的贫穷、劳动的艰苦还可以忍受，但极左年代有些人对单田芳这个“阶级敌人”处心积虑的折磨，却处处透着“必欲除之而后快”的险恶用心。在农村苦熬了4年非人的日子后，单田芳不得不考虑是等死还是铤而走险以求得一线生机。最后，他经过精心策划，悄悄出走，潜回了沈阳，在一位朋友的接济下，靠着制作和卖“水泡花”熬过了4年，熬到了“四人帮”的覆灭，熬到了平反昭雪，才有了重上三尺书桌和日后的辉煌。而这4年，他们一家四口是在亲戚朋友的掩护下，秘密生活在沈阳的。晚上，一家人熬夜做“水泡花”，白天，他与女儿上街，女儿卖水泡花，他躲在暗处做后勤并负责“望风”；儿子老铁则学了木工，每天大汗淋漓地为人家打立柜、做门窗，挣一份血汗钱。单田芳曾感慨良深地说：多亏我这一双儿女，帮我熬过了那四年的时光，我才有今天！

突患病，
儿子作主过大关

苦尽甘来，改革开放的中国百废俱兴，单田芳再次红遍大江南北、长城内外，他的声音越过重洋，传遍了世界的每一个角落。

时间是2000年春夏之交，在北京打拼了几年的单田芳，终于走出了困境，加上他评书的全球热播，正是事业如日中天的时候，他却突然感到没有了食欲。在各地主人盛情招待的宴会上，他守着一桌一桌的山珍海味却难以下咽，相反，一闻到饭菜的香味就恶心，想呕吐！但单田芳非常守信用，答应了的事，绝对是守时到达、尽心尽力地做好。尽管身体不适，他还是到沈阳电视台录制《白眉大侠》的后套。他强打精神坐进演播室，灯光一亮，强烈的呕吐感就直涌上来，他赶紧叫停："对不起，暂停一分钟，……"喘息稍定，他振作精神，录完节目。中午吃饭时，他还是一口也难以下咽。电视台的朋友强行把他带到医院进行检查。医生要给他做胃镜，他却坚决不做，医生只好给他开了点药。但药不对症，单田芳强迫自己吃点好消化的面条面包之类，也是全吐出来。就这样，他还是坚持着把36集评书录制完成。此时的单田芳憔悴得像是换了个人，脸色灰黄，满脸上只剩了一对高颧骨和一双大眼睛。无奈，再也坚持不下去的他决定回北京看病。

仿佛冥冥中有一种召唤，在这关键时刻，儿子老铁也赶到了北京。说来也怪，这些天他正在外地奔波，突然一连几天感到坐立不安，一种无形的力量促使他放下手头的工作回到北京，而且是下车就直奔老爷子身边。刚刚一路颠簸回到北京的单田芳正在沙发上大口大口地喘气，老铁就一步进来了。他一见瘦得走了形的老爷子，不禁大吃一惊。简短地听罢老爷子这一阵子的病情，他二话不说，立马命令把老爷子拉到最好的医院去检查。这时候的他，两眼圆睁，斩钉截铁，说一不二，谁的话也不听，也不与任何人商量，包括老爷子在内也得听他的。到了医院，他找来最好的大夫给老爷子检查，结果，单田芳大面积胃溃疡，疑似幽门梗堵，必须尽快手术。老铁跑前跑后，又找来了最好的大夫。单田芳的胃被切去了三分之二，手术共缝了20多针！

二百元压岁钱老铁流泪，一席话出肺腑单老感慨

那是1994年的大年三十。单家照例是热热闹闹地一起吃年夜饭。单田芳也是照例掏出一个个的红包，孙女三千、外孙三千、女儿三千、女婿两千、儿媳妇两千。按说，这压岁钱就分完了，因为自小到大，老铁就没收到过父亲的一分压岁钱。不知道老爷子是要锻炼他的男子汉性格呢还是觉得他是家中唯一的男孩，所有家产将来都是他的。老铁也习惯了。但是这次，单田芳却又掏出一个红包，给了老铁200元钱。老铁当时就愣住了，他忍住泪，起身接过红包，深深地给父亲鞠了一躬，说："谢谢爸爸！"说话的当儿，他已经无法控制奔涌而出的泪水，他捂住脸跑到内间，让幸福的泪水痛痛快快地流淌。在他看来，这200元钱不是压岁钱，而是老爷子对他的承认，是他在这个家庭中终于有了一席之地的标志！

毕竟是除夕之夜，为照顾大家的情绪，老铁很快回到酒桌上。见儿子回来了，单田芳端起酒说："你们看看，我给你们三千、两千，你们都不吱一声，还有，平日我也经常接济你们，哪一次也是三千两千的，你们从没个态度。老铁才得了两百元，就给我鞠了一躬，还说谢谢。"

一席话，说得女儿女婿和儿媳妇脸都红了，孙女和外孙赶紧起来给单老鞠躬。

在老铁的记忆之中，这是老爷子第一次当面夸奖他，也是迄今为止唯一的一次。自我“检讨”起来，他说他的脾气太倔是很重要的原因。向父亲借钱碰了壁，他发誓一定要挣得比父亲还多；父亲买了辆“切诺基”，他看着眼热，想借来开一会儿过过瘾，没想到又碰了壁，他一咬牙，时隔不久买回辆“大奔”，还特意拉着老爷子兜风。老铁住的房子，也比父亲的大，装修得也更豪华。就连他的老板桌，都比父亲的大出一号。话虽这么说，老爷子那儿有什么风吹草动，他都会知道，在老爷子需要他的时候，他总会恰到好处地出现在老爷子面前，不管老爷子需要不需要，欢迎不欢迎，甚至领情不领情，他都出头露面，出谋划策，跑前跑后，直到“横加干涉”。他自己有什么大的动作，也跑去向老爷子汇报，从不懈怠。因为，他一直对老爷子敬畏有加，在谈到他生意成功之道时，他说从老爷子身上，学到很多东西，受益匪浅。他举例说：“老爷子守信用，守时，我也深受影响。”有一次，他与一家公司谈一个大项目，当时他手中只有1万多元钱，要谈的项目却是三百万元的。他与对方商定于某一天的早上8点谈合同条款。结果那天堵车，老铁的车被堵在离对方公司大门口三四百米远的地方。时间一分一秒地过去，前面的车丝毫看不出能动的样子。眼看就到8点了，老铁把车停在路边，拉开车门就往对方公司跑。他不但没迟到，还提前了两分钟。倒是对方的老总姗姗来迟。看到老铁，他用奇怪的眼光盯了一阵问：“刚才堵车，我在车里看到一个人西装革履的，却拎着皮包跑，觉得奇怪，怎么看上去穿戴打扮与你很相似？”老铁坦然一笑说：“对，你看的没错，那就是我。我怕迟到，就把车子停在路边，跑过来了。”对方老总很受感动，项目谈得很顺利，结果也是双赢。

感悟与思考

家庭教育是孩子的德育的“摇篮”，父母是他们如何做人的第一任老师。案例中评书大师单田芳和一双儿女的故事，让我们再次体悟到“父慈子孝”的深刻含义。在农村苦熬了四年非人的日子后，单田芳感慨良深地说：“多亏我这一双儿女，帮我熬过了那四年的时光，我才有今天！”其语之真切、朴实，无不透露出博大、宽厚的父爱和两代人之间那种如胶似漆的情感。

单田芳不仅传授给子女做人的道理，还不忘时刻注意培养孩子的智力发展。即便在农村那样艰苦环境中，单田芳还能够坚持给子女讲《三国演义》、《红楼梦》，耐心地向孩子们讲解书里的诗词，拓宽孩子们的知识。这是德育、智育协调发展的家教方式。单田芳的子女并不是文化程度多么高深的学者专家，以平凡人的姿态过着平凡人的生活，但是单田芳对他们的教育是终身受用的。

在实施家庭道德教育的过程中，尤其要重视诚信教育。“德者，才之帅也；无德之才，贼也。”一些人在诚信、信仰、伦理等方面的问题层出不穷，正是从小缺失德育的结果。案例中，老铁一直对父亲敬畏有加，在谈到他生意成功之道时，他说从老爷子身上学到很多东西，受益匪浅。

一个对父母都没有孝心的人，哪能奢谈对国家、社会和人民做出有意义的事情。如果没有起码的家庭道德，更遑论职业道德、社会公德？在大力提倡“家庭美德、职业道德、社会公德”的今天，请家长朋友们时常回头看看走过的路，在子女的教育问题上是不是做到了问心无愧。

金牌的背后

1983年王皓出生于吉林长春，7岁开始打球，也就是从那一天起，父亲就开始陪他练球，风雨无阻。在王皓的职业生涯中也经历了大起大落，在他的人生低谷，是父亲陪伴他走过了那段彷徨无助的日子。我们看到：被誉为世界乒坛最具潜力的三大新星之一的王皓，在他辉煌成长的背后，是亲情给了他追逐梦想的勇气和力量。

小奶嘴，大毅力

说起王皓的乒乓球天赋，还真有点“遗传”的因素。王皓的父亲王忠全是个铁杆乒乓球迷，从小就爱打球，也算是个业余高手。他和妻子刘志英结婚时，曾说：“今后就让咱俩的孩子去打球！”谁料梦想成真，他们的儿子“乐乐”不但真的打了乒乓球，还打出了大名堂。

王皓小名叫“乐乐”，从小聪明、精神、好玩儿，由于长得漂亮，小时候，妈妈常常给他穿上裙子，打上蝴蝶结，打扮起来，比小女孩还漂亮，至今家里还珍藏着这些珍贵的照片。

漂亮，可爱，穿上裙子比女孩还漂亮的“乐乐”，却有着男子汉的勇敢和坚毅。

王皓小时候，喜欢叼着奶嘴，久而久之成了习惯，白天叼着，晚上睡觉也叼着。两岁多时，有一天，妈妈带他到幼儿园卫生所去，有个大夫逗他说：乐乐，你咋总裹着奶嘴啊？你要不赶快改了，将来你的嘴就像猪八戒似的！王皓信以为真。那时王皓和姥姥一个床，回家就跟姥姥说：姥姥，这个奶嘴我不要了，你烧了吧。姥姥怕他半夜醒了要，闹，就想给他收起来，可小王皓不让，一定要亲眼看着姥姥把奶嘴扔进火炉里才罢休。但正如姥姥所担心的，王皓这一夜翻来覆去没睡着，他想奶嘴，但又努力克制着。天亮，姥姥对王皓的妈妈说，你赶快再去买两个奶嘴预备着吧。妈妈就去买回两个奶嘴，让姥姥以备不时之需。

但小王皓却从此再也没提奶嘴的事儿。

对于一个两岁的孩子来说，这确实不容易。

另类淘气

男孩哪有不淘气的？可小王皓淘得与众不同。有一次，家里来了不少客人，因为当时王家住的是日本式的房子，木地板，客人进门就脱下鞋子换拖鞋。这天皮鞋、靴子排了一长溜。父母忙着招待客人，顾不得管孩子，小乐乐就想出歪主意了。他往每只鞋里尿尿。尿不够了，就弄点儿水来充数。结果客人走时，每只鞋里都是湿的，主客双方都尴尬不已。这之后再来了客人，父母都提醒客人把鞋子放到高高的立柜上。那时王皓才3岁。

淘气，当然要挨打。估摸着妈妈又要来“笤帚疙瘩炖肉”了，王皓就把笤帚藏起来，可是，妈妈找不着笤帚，就使劲儿掐他大腿，那滋味更难受！有了这教训，再犯了错误，他就把笤帚主动递给妈妈，然后把小屁股一撅，说：“妈妈，你打我吧。可千万别掐我。”

乐乐不仅淘气，胆子还特别大。爬树，上房，抬腿就来。3岁多时，有一天下午，他在姥姥家附近玩儿，趁大人不留神，嗖嗖嗖爬上了双杠滑梯，这种滑梯是供大孩子玩儿的，要用手臂和腿夹住双杠往下滑，小王皓刚一上去就从杠子中间漏了下来，摔得在医院躺了两天才醒过来。但伤好之后，该怎么淘气还怎么淘气。他比其他孩子的身体协调性和灵敏性都好很多。小的时候，王皓有辆3个轱辘的儿童自行车，他骑着这辆车，能在两三平方米大的地方熟练地转圈儿，一圈接一圈，乐此不疲。

乒乓天才横空出世

1990年，王皓7岁时，爸爸带他到长春市少年宫学打乒乓球。王忠全是长春市建筑材料厂的销售员，曾在长春市体校打过球。这天，他在电视上看到一条广告，长春市少年宫乒乓球班招生，就把王皓送来，进行系统训练。

王皓的启蒙教练薛瑞坤第一次看到王皓，就被这个虎头虎脑，生龙活虎的孩子吸引。他发现，王皓的身体素质比一般的小孩好。看起来挺腼腆，胆子却很大。当教练第一次让新学员依次跳挡板时，不少小孩看到挡板畏首畏尾，甚至目瞪口呆，王皓却纵身一跃而过。

小王皓打球的灵性更令薛瑞坤教练赞不绝口。新学员第一个动作是学用球拍颠乒乓球，从没拿过球拍的小王皓头一次能够颠五六个球，而其他小孩甚至连球拍都拿不稳呢。更让他想不到的是，第二天，王皓居然一次能颠三四十个球，令薛教练惊喜不已。

当时正是横板打法盛行的时代，“直板横打”还处于探索阶段，教练就让直握拍的小王皓学习这种打法。为了调动王皓练直拍横打的积极性，薛教练采取了“以一抵二”的策略，也就是说在比赛的过程中，王皓用直拍横打每得一分就算两分，对于一个小孩来说，这确实有很大的吸引力。往后在与教练和其他小队员的对练中，王皓直拍横打的使用频率就慢慢地提高了，以至于直拍横打已经成为了一种条件反射的动作，收发自如，得心应手。这为他掌握这门独门绝技奠定了基础。

很快，王皓就成了队里的高手，有很多小队员喜欢找王皓练球。小王皓一点儿没有高手队员的架子，与一些比自己水平低的小孩练球十分认真，状态好时练技术，状态差时练手感。

有一次，队里有个小女孩找他练球，王皓直拍横打，左右开弓，弹击、拉球，一会功夫小女孩就累得气喘吁吁，王皓为了练习手腕的灵活度，故意把角度打得很开，调得小女孩到处跑。最后累得实在不行索性坐在地上不起来了，直喊：不行了！不行了！我受不了了！受不了了！

爸爸自制球拍

王皓在成才路上的每一步，爸爸记得最清楚。1990年3月18日，王皓开始学颠球，逐渐开始学攻球。到“五·一”节，也就是王皓练球1个多月左右的时间，有一天，爸爸对他说：“你要是能连续正手攻球500个，我就带你去奶奶家玩儿。”王皓一听有这好事儿，二话不说拎着拍子就开打，一口气儿打了1个多小时，还真的连攻500板没失误。小孩子从开始学球到可以正手连攻500板，怎么也得三四个月，可王皓一个半月就做到了。

见儿子进步这么快，爸爸更上心了，这么多年的“球迷”当下来，他也算是个行家里手了。王皓手小抓不住拍柄，他就特制了一块拍子，在拍柄根部又锉又磨地弄出一个抠手，让王皓的小手握上去挺合适。10年后，一家器材厂商开发出“四面攻”球拍，王皓的父亲一看，跟自己当年的创意大有“异曲同工”之效，不禁为自己的“超前创造性思维”得意。如今，王皓使用的这块特制的拍子，已经被军事博物馆收藏。

8岁踏上冠军之路

王皓学乒乓球两三个月，就可以有模有样地与人对打了，从这时候起，王皓的爸爸就带他遍访长春市的名家高手，每过一段时间，就给他换个陪练，让王皓早早适应各种打法。王皓在长春学球的五六年间，爸爸一共给他找了17位陪练，正胶、反胶、攻球、削球、左手、右手都找遍了。爸爸自己也操刀上阵，每天晚上都得陪王皓练上一会儿反手，到小学二三年级时，爸爸就打不过他了。

更为可贵的是，小王皓在打球时有一股不服输的劲头儿。有一次在队里训练完后打比赛，王皓输给了一个队友，下课以后，他把这个同学留下，把门一锁说：不行，你不能走，咱俩还得接着打。队里训练是晚上 8 点结束，王皓缠着对手一直打到 10 点，最后终于赢了一盘，才算罢休。

1991年3月，王皓学打乒乓球刚刚一年，就迎来了他人生的第一次比赛。长春市“新芽杯”少儿乒乓球大赛开赛了，王皓第一次参加比赛，有些紧张，可他的爸爸比他还紧张，3月挺冷的天，可看比赛的王皓爸爸却是满头大汗。终于，王皓不负众望，一举夺得学前级别冠军，为爸爸，也为他自己捧回了人生第一座奖杯。

打这以后，王皓的冠军之路算是打开了。这年6月，“六一杯”沈阳市少儿乒乓球赛又获得冠军；转过年，1992年1月长春市“新芽杯”少儿乒乓球赛，王皓还是冠军……

跟王皓一拨儿学球的孩子可就“惨”了，在长春市，只要王皓参加比赛，他准拿冠军。别的孩子练球也很辛苦，可一碰到王皓，顶多只能拿亚军。

为儿子辞掉工作

为了学球，王皓小时候没少吃苦。而他的爸爸则更辛苦。王家离少年宫特别远，爸爸每天都骑自行车带他去学球，通常要用一个小时。夏天，下大雨了，爸爸给王皓的头上套个塑料袋，自己则干脆光着背，骑上自行车冲进风雨中。最困难的是冬天，长春的冬天很冷，雪又特别多，爸爸把王皓放在自行车的横梁上，给他戴顶棉帽子。没一会儿，王皓就冒汗了，可要是把棉帽子摘了，准得把耳朵冻坏。遇上大雪，积雪很厚，根本骑不动，父亲就推着车子，王皓就下来跟在后面跑步。不管雨多大，雪多厚，爸爸问他还去不去训练馆，他的回答总是一个字：去。于是爸爸二话不说，就去推自行车。

由于每天接孩子送孩子，王忠全被迫辞去了工作，全心全意陪儿子练球。

我想打球

王皓上小学6年级时，父母开始为他的将来打算了，是打球还是读书？如果打球，王皓必须到更高一级的专业队伍去提高，学业肯定受影响。王皓从小就是班长，而且，尽管每天只上半天课（下午和晚上到体校练球），学习成绩却一直是班里的前3名。班主任老师多次对王皓的妈妈刘志英说：你们两口子怎么这样呢？王皓学习这么好，将来肯定是清华北大的材料，你们却让他打什么乒乓球！这不瞎了这块学习的好材料吗？老师这一说，弄得王皓爸妈很是矛盾了一阵。爸爸王忠全则相信教练的话，坚信儿子一定能打出来。夫妻俩商量来商量去，最后决定让王皓自己选择，王皓的回答很坚决："我想打球"。

穿上军装

目标确定了，可把孩子往哪儿送呢？父亲想到了八一队，八一队历来就是世界冠军的摇篮，当时队中有王涛、刘国梁两位超一流运动员，军事化的严格管理也能让王皓尽早成才。1996年春节过后，薛教练陪同父子俩来到了位于北京市郊的八一乒乓球队，周苗根教练找了三位队员跟王皓打比赛，王皓赢了两场，只输给一位削球手。比赛结束后，教练让他们回家听通知。

回长春后，王忠全一天一个电话打到八一队询问情况，一个星期后，他终于得到了通知：来八一队自费试训一个月。在这一个月中，八一队搞了两次全队的大循环赛，王皓在两次比赛中均进入前八名。他用出色的表现证明了自己，也征服了教练，1996年12月1日，王皓正式入伍，进入八一队。从穿上军装那天起，王皓迈入了一个崭新的乒乓殿堂。

儿行千里母担忧

儿行千里母担忧。王皓刚进八一队时还不满13岁，衣食住行没有一件事是妈妈不惦记的。

可王皓平时的训练任务很紧，就算是父母抽时间到北京来一趟，跟王皓在一起的时间也很短。1997年春节，八一队不放假，刘志英本想初三到北京看儿子，大年三十那天，正在忙年的她接到了王皓的电话。电话里，王皓只叫了一声妈妈就不出声了，妈妈着急，一个劲儿地喊："乐乐！乐乐！"最后王皓说："人家的妈妈都在北京，你怎么还没来啊？"这时候已经是傍晚6点多了，听到儿子带着哭声的电话，妈妈心里别提多难受了，她放下电话，立刻冲到卫生间，拿上牙具就坐火车往北京赶。正月初一的上午，妈妈在八一体工大队的宿舍里见到了王皓。过年，刘志英本想带儿子出去找地方好好吃一顿年饭，但找了一圈儿，发现所有饭店都关门了。结果那个春节，从初一到初七，王皓在队里坚持训练，妈妈就住在招待所里，吃了整整一个星期的方便面。

虽然儿子不在眼前，但爸爸王忠全却随时掌握着儿子的行踪。他每天晚上往八一训练馆打一个电话，问儿子在不在馆里，在做什么。每次都是王皓接到电话，回答也都是两个字：加课。

编外教练

在八一队呆了一年多，王皓就进入了国家青年队，又是一年多之后，他进入了国家队。王皓踏上了成才快车道。

虽然王皓不在身边，但父母时刻关注着他的成长，只要电视里播放王皓的比赛，爸爸就全部录下来，一遍遍地反复看，帮助王皓分析对手的技术特点，父子俩常常在电话里进行交流，爸爸随时对王皓从心理，到技术，到方方面面进行指导，王浩说，爸爸就是他的编外教练。

意外失利

进入国家队，王皓如虎添翼，进步神速，在多项国际赛事中一连拿了好几个冠军。特别是在雅典奥运会上，凭着一股“初生牛犊不怕虎”的劲，王皓一路闯进决赛，本来只是充当“清道夫”的他一转眼成了中国队男单夺冠最后的希望，而且，对手柳成敏此前连续7次输在他的拍下，无一例外。所有的人都铁定地认为这次也不会出意外。他曾经距离冠军那么近。可决赛时，柳承敏的发挥远远超出他的想象，他丢了在国人看来最不该丢的一块金牌。

这次失利，不仅仅是中国乒乓球队，不仅仅是全国的球迷和观众，对于王皓一家，这也是一场不堪回首的决赛。

当时王忠全就在北京，在央视五套的直播室里，就等着儿子拿了金牌发表祝贺词呢！而妈妈刘志英则在家里看电视直播，屋里是满满一屋子的记者，还有省里的领导。眼看着儿子输球，那可真不是滋味！球打完，王皓给妈妈打来电话，可接通了却不说话，妈妈知道儿子在哭，急得直叫：“乐乐！”这样的电话一连打来6次，妈妈说：“乐乐，你快说话，妈妈急死了！”王皓哽咽着说：“妈妈，我打完了。我打了个第二。”其实过程大家都看到了。安慰了儿子几句，刘志英就赶紧给丈夫打电话，那时王忠全已经不在直播室了，刘志英说：“你赶紧给乐乐打个电话，安慰他一下，他一直在哭。”

在短短的时间内，妈妈刘志英做出一个决定：和丈夫一起到北京机场接儿子！可是打通丈夫的电话，丈夫已经在返回长春的火车上了。王忠全一听妻子的打算，非常赞成，他让妻子买好两张到北京的飞机票，他下了车立马与她返回北京。

在北京国际机场，王忠全和刘志英看到了令他们终生难忘的一幕。一大批球迷、王皓的“粉丝”、媒体记者都在等着迎接王皓。他们俩一进大厅，就被他们认了出来，他们惊喜地拥过来，问长问短，请他们签名，对于王皓的意外失利表示了充分的理解，这些人不光是北京的，广州的，全国各地哪儿的都有，争着向他们自我介绍：我们都是皓迷，专门来接王皓的。把王忠全和刘志英感动得不得了。飞机一落地，这些超级“粉丝”冲破机场保安的阻拦，一直拥到取行李处，场面之大、局面之混乱，前所未有。机场的保安说：机场从来没发生过这种“事件”。

面对如此热烈的场面、如此热情的皓迷，面对贴心的父母，王皓高举着鲜花，由衷地笑了。而王皓的父母，此时却眼含热泪。

毕竟是一次重大的失利，王皓压力非常大。接下来，在2005年上海世乒赛被梅兹的高球放出八强，更让王皓彻彻底底尝到了失败的滋味。尽管双打夺冠，让王皓拥有了第一个单项世界冠军，喜悦暂时冲淡了那份苦涩，可心中的伤口却在隐隐作痛。

接下来，王皓仿佛陷入了一个怪圈：十运会男团亚军、男单亚军、世界杯男单亚军……这一年，究竟拿了多少个亚军，连王皓自己也说不清，可他的双眸中分明多了一些难掩的沧桑和忧郁。“就差一点”的经历，恐怕谁也没有王皓体会深。总能进决赛，可就是拿不了冠军，太渴望胜利，可越想赢就越赢不了。是运气不好还是实力不够？他时常这么问自己，也假想过，如果当时在场上某个环节自己处理得再好一点，某个时刻再坚定一点，想法再少那么一点，也许结果就会不一样。可残酷的竞技体育从来就不相信什么如果。

王皓虽然搞不懂自己为什么总当老二，可努力的过程他却很清楚，每一次“第二”都能让他看见自己的进步。因此，王皓从不相信什么宿命的说法，不相信自己永远会是“千年老二”，倔强地坚持着，努力着，总结着，提高着，在一次次的比赛中，找回自信。用一次次的胜利增加积分，争取世界第一。他总结说，思维方式的转变是这两年中自己最大的进步。

在王皓困惑的日子里，教练着急，朋友们替他着急，王忠全和刘志英也着急。王忠全感慨地说：从2004年到2006年，王皓该经历的都经历了，该输的也都输了，现在返回头来看，这对于王皓的成长，对他打球，倒是一笔财富。

经历就是财富。

孝敬父母，尊敬教练，低调做人

成了名人的王皓一点儿没有架子。相反，历经挫折后的成功，使他更加懂得做人的道理。他现在非常关心父母，非常感恩父母对自己的付出。当初，为了更好地陪自己练球，父亲把好好的工作都丢了。还有母亲，无论什么时候，都是自己最大的支撑。一任任的教练也令他非常感恩，每逢回到长春，他都要看望自己的教练们。这令教练们非常欣慰，也非常自豪。

感悟与思考

因材施教，是一个永不过时的教育话题。

没有汗水，就没有成功的泪水。王皓的成功首先是他个人努力的成功。王皓与生俱来的运动潜质，是成就他辉煌事业的基础；而他在训练过程中表现出的优秀运动品质，最终使自己的极佳潜质得到了淋漓尽致的发挥。王皓内敛、追求完美的个性，倔强、不服输的韧劲，聪明灵活又不惧吃苦的运动品质，最终成就了辉煌的自己。

父亲早期的因材施教，最终托起了耀目的明星。可以说，王皓的成功得益于他的天才素质，但若没有父亲的因材施教，恐怕也不会有今天的王皓。父亲的付出使王皓的潜在素质得到了最好的开掘与发挥：是父亲发现了王皓的运动优势，激活了王皓的运动潜力，规划了王皓的人生方向，奠定了王皓的成功基础。

不同，是生命赋予每个人的权利。

贝多芬的不同在于他的音乐敏感，王皓的不同在于他的运动天赋。或者某一方面的“奇才”，或者全面发展的“全才”，其擅长的方面仿佛生命的颜色，会在其生活中表现出来。只要细心，我们总会发现这些生命的色彩。因为不同，生命才显得五颜六色。

难以想象，全然相同的人相聚地球会有多么恐怖。尊重不同，享受不同，生活才会精彩；接受不同，欣赏不同，生活才会真实。明白了这一点，面对孩子，我们就不会苛求；面对竞争，我们就不会虚荣；面对成长，我们就不会急躁；面对未来，我们就会更有目标；尤其是，面对孩子的缺点，我们就会有健康的心态。与不同和谐，与不同妥协，是生命教给我们的智慧。那么，面对孩子，少一些苛责、虚荣、挫伤，多一些观察、务实、鼓励，少一些简单与粗暴，多一份耐心与宽容，我们会发现，生命会在和谐中从容远行。

作为父母，你了解自己的孩子吗？生活中，你是不是经常高压要求，逼迫孩子服从自己？你是不是经常因为与其他孩子攀比而对自己的孩子不满？多想想生命的不同吧，换个角度，也许你就会发现生命的精彩。

九球天后 和她的父亲

当游戏变为事业，当比赛打到国外，小小年纪的她代表的就不再是她自己。当国歌奏响，国旗升起，在她胸中回荡的是中国人的自豪。而为培养晓婷付出巨大心血的父亲，也把为祖国争得荣誉看成是爱的更高层次。如果说以前艰苦的训练和汗水都是为了不辜负爸爸的期望的话，那么今天已经将世界冠军作为自己的下一个目标的晓婷，心中真正想要的是为祖国争光的满足感。

九球比赛是目前世界花式台球的重要项目。我国的台球运动正蓬勃发展，涌现出了许许多多台球名将。“潘晓婷”这三个字也逐渐崭露头角，小小年纪的她已拿过世界冠军，而且得到了“美式九球天后”的美誉，一路走来，成绩直线上升，目前的成绩是世界排名第三。说话做事的沉稳让人很难想到她只有二十几岁。但就是这样的性格使得潘晓婷比赛发挥相当稳定。尽管取得了这么大的成就，但比起台球神童丁俊晖，潘晓婷却还一直不为国内大多数人所知。

一、父亲的启蒙

场景1：车站　日　外

潘晓婷很早就受父亲的影响，接触到了台球。

熙熙攘攘的人群，嘈杂的人声。小小的车站进口旁一个旧旧的台球桌。个子小小的潘晓婷站在板凳上给父亲支招，“爸爸！打这个……打这个……”父亲乐得从命，且杆杆必进。

谈到潘晓婷的成功有一个人就不得不提，这就是父亲潘健。在晓婷的台球路上一直有父亲大大的脚印陪伴。潘晓婷出生在山东济宁。父亲潘健是个特别多才多艺的人，国家级篮球裁判，特一级厨师，台球打得也不错，在济宁台球圈里最有名，还拿过全国老年台球比赛的冠军。晓婷上中学时候潘健开了个球房，晓婷出于好奇想用爸爸手中的那根800块钱的球杆打球。因为在那时候她觉得，那根球杆简直就是一个昂贵的宝物。从好奇到喜欢，起源于一个非常小的愿望，从此晓婷和台球结下了缘。潘健渐渐看到女儿对台球的悟性，但晓婷不是男孩。在那个台球还不被人们认可的年代，潘健不希望晓婷走台球这条路，而是让晓婷学习画画。但晓婷对台球情有独钟，父亲打球时她老在旁边看，还老往球房里钻，球技日益增长。在没有专门练习的情况下球技飞快进步。“16岁那年，她得了冠军以后，觉得她有这方面的天分，才决心要走这条路。”“那个时候，我在拖拉机厂工作，效益很好，我还是招待所的所长，可以说是衣食无忧，但我还是辞职了，因为我热爱台球，也爱自己的女儿。”潘健说。提起那段往事，从潘健坚毅的表情可以看出，他对自己和女儿的选择不后悔。从那时开始潘健着意引导晓婷向台球方面发展。

二、艰难的打球之路

场景2：车厢的连接处　夜　内

那段时间父亲潘健顶住了巨大的压力。

夹在人群中的潘健凝神地注视着窗外的夜色。各种声音充斥着他的耳朵，“老潘，脑子有问题啊！”“台球这种路边摊，怎么能让一个女孩子家去学这种东西。”“他还想整出什么名堂来吗？”……

潘健任凭周围的乘客将他挤来搡去。

看到晓婷身上

打台球的潜质，潘健毅然从单位辞了职，带着女儿开始了爷俩的拜师打球生涯。周围的人包括家里的人对老潘的做法很是不理解，等着看热闹的人大有人在。又加上刚在国内拿了冠军，大家开始关注潘晓婷，所以练习就得更加辛苦。从下定决心的那一刻起，潘健一下从慈父成了严父。晓婷不能像其他同龄的孩子一样出去玩，被潘健看在球馆里面，每天一练就是约10个小时。生病了刚挂完吊瓶还要继续苦练，“那个药水全都空在手臂里面，感觉很胀。”晓婷如是说。老潘还用一些残酷的方式来训练晓婷，“给她买沙袋绑在手臂上，进行基本功训练，一练就是十几个小时。”潘健看到弱小的女儿每天都超负荷地训练，很是心疼，但为了女儿的前途他知道不能松懈。老潘用心良苦，晓婷也非常能吃苦。在北京训练中心训练时，爷俩为了不浪费时间，9点开门，8点半就到了，蹲在门口等着开门，怕去晚了耽误时间，然后一直练到晚上8点球馆关门。全国各地只要哪有高手，晓婷就和父亲到哪儿去学。北京、厦门、杭州、广州都留下了父女俩的足迹和汗水。

训练苦，当时的生活更苦。那段时间正是潘家生活最拮据的时候。到外地练球要交场地费，要交教练费，花费很高，所以一家只能住在一个一天只需18元的地下室，地下室的被褥发出很难闻的气味，而且潮得厉害，母亲就用从家里带来的毛巾被给女儿铺在床上。比赛场地里面的饮料卖得比外面贵，不舍得买，为了省钱母亲就每天早早地为女儿凉好白开水，装到塑料瓶里，懂事的潘晓婷每天就带着一瓶凉开水去训练，一点怨言都没有。在北京训练，晓婷和父亲每天每顿都只能吃三五块的盒饭。在国内拿到冠军后，父亲潘健非常高兴，看到女儿蜡黄的小脸，“走，爸爸带你吃顿好的，好好给你庆祝一下！”晓婷对“全聚德”烤鸭也早有耳闻。父亲带着女儿来到“全聚德”，看着豪华的的店面，潘晓婷就感到这地儿不便宜，后来看到菜单，最便宜的一只烤鸭也要126元，晓婷深知家里困难，非要换一家。在父亲的坚持下，他们点了半只烤鸭。潘晓婷是个坚强的孩子，平时不怎么爱哭，但当时眼泪哗的就流下来了。讲到这里潘晓婷的声调变了，父亲的眼里也噙着泪花。坐火车去全国各地时，基本上都是坐硬座。有一次，过年回家，正值春运高峰期，买不到票，只能站着，晓婷那时正好发烧，潘健心疼孩子，找列车长好不容易补了张卧铺。父女俩互相推让，谁也不肯去睡，最后决定一人睡一半时间。“我让她先睡，当时被挤在两节车厢中间想了很多……不知道前途在哪儿。”晓婷出门都会带一个小闹钟，半夜闹钟响了，晓婷去换爸爸睡，“爸爸挤在接缝处的角落里睡着了，心里特别酸。”回忆到这儿，父女俩的眼里都泛起了泪光。这般含辛茹苦，父女俩只为的是一个当时看不清的前程。潘晓婷至今还在顺着台球这条路上一直往前走，而且越走越宽广。

三、苦尽甘来

场景3：潘健留下了欣喜的泪水

一幅幅潘晓婷在国内外得奖的画面闪现。

经过父女俩的坚持和努力，曾经的彷徨、迷茫、苦恼一去不复返，换来的是晓婷的硕硕战果。从1998年的全国女子九球公开赛冠军开始，陆陆续续，晓婷每年都在提升自己的水平，到目前已是世界排名第三。这位台球比赛中的漂亮姑娘在国内就一直保持着不败战绩，2000年，为了更好地发展事业，潘晓婷全家迁到了上海，比赛的机会更多了。潘晓婷主要成绩：

1998年8月　“欧立欧”杯全国女子九球公开赛　冠军

2000年5月　全国体育大会女子九球个人赛　冠军

2000年6月　全国女子九球排名赛杭州站　冠军

2000年9月　上海女子九球公开赛　冠军

2000年10月　全国女子九球排名赛上海站　冠军

2000 年 11 月　全国女子九球排名赛吉林站　冠军

2000 年 11 月　第 33 届日本大阪女子九球公开赛　第九名

2000 年 12 月　全国女子九球排名赛天津站　冠军

2001 年 6 月　全国女子九球排名赛青岛站　亚军

2001 年 11 月　第 34 届日本大阪女子九球公开赛　第五名

2002 年 1 月　上海女子九球公开赛　冠军

2002 年 5 月　第 2 届全国体育大会女子个人　冠军

2002 年夺得球王杯男女混合赛亚洲区的冠军

2002 年　第 35 届日本大阪世界女子九球公开赛　冠军

2003 年　印尼雅加达女子第 12 届亚洲杯　冠军

2004 年　奥地利女子世界杯　第三名

2005 年　第 38 届全日本九球锦标赛女子组　冠军

晓婷的成功来得不易，这是与父亲的启蒙、培养、支持是分不开的，“父亲一直支撑着我，我觉得不管怎么样，有父亲可以依靠。”“另外好多好心人对我的帮助我都忘不了，像世界冠军史村蓝，像在北京训练时的张海……还有好多，如果不是他们，我不会有这么大的进步。”潘晓婷言语中充满了感激。

目前潘健已在上海开了两家台球馆，生活境况也越来越好。如今的潘晓婷一家已不再为钱发愁，台球为她带来了财富和名气。但是，无论将来她多么富有，恐怕都不会忘记那次流着泪吃烤鸭的经历。潘晓婷每天晚上都会到父亲开的位于徐家汇的新新台球城上班，“现在我长大了，爸爸也不再那么管我了。以前，经常听见他叫‘都几点了，该练球了’，现在他基本上都不盯着我训练了，有时他在打扑克，我就去拉他，说‘爸爸，你就看我练一局吧’。觉得挺失落的。”潘晓婷笑着说。

晓婷的下一个目标是“世界排名第一”，真心希望她的这个目标尽早实现。

感悟与思考

潘晓婷的成功不是偶然的，父亲在女儿的成功之路上究竟扮演着怎样的角色，如何扮演好这个角色呢？这是需要我们深思的问题。时下，为了子女早日成才，“望子成龙、望女成凤”的父母，在孩子很小的时候就给孩子制定了宏伟、远大的人生规划，完全按照自己的意愿将子女塑造成自己理想的模型，而忽视了子女的兴趣和爱好，不尊重子女的选择。很多教育失败的故事甚至悲剧由此衍生。父亲在子女教育上要注意培养自己的影响力，即把握好“慈父”和“严父”角色的转换。父亲影响力的大小主要取决于以下几个因素：首先是父亲的人格影响力，其次是父亲在社会中的地位，再次是父亲在家庭中的地位，最后还要看父亲的应变能力。相对于母亲，父亲的优点是心胸开阔、思想成熟、具有前瞻性，实践范围相对母亲要广泛一些。父亲在家庭中的作用主要是两个：一是建立良好的家风，二是做好家庭关系的导演。

作为父亲，潘健对女儿的影响是深远的。但是潘健在培养女儿的过程中更值得各位家长朋友深入思考的问题是他的教育方式。只是一味的鼓励、关爱子女，并不会直接成就子女的成功，其中教育方式万万不可缺失。在潘晓婷的成功之路上，潘健早期就发现女儿身上可挖掘的巨大潜力，即台球天赋，能够尊重女儿的选择，而且在女儿的未来发展的重大选择上毫不犹豫，力排众议，毅然决然地走上了艰苦的陪练之路，方才换取了今日晓婷的成功。

每位父母都希望自己的子女能够成才，都希望子女未来之路更加幸福。然而，时下，功利主义倾向日益凸显，随之而衍生的功利主义的教育方式，越来越多的家长把自己的孩子过早地送进了各种培训班，培养孩子的音乐天赋、美术天分，全然不顾孩子的感受，更可悲的是，父母在培养孩子的过程中并没有真正扮演好自己的角色，不懂得教育的艺术，更遑论引导、启发孩子。

重生

——一个家庭与毒品10年的较量

高考的失利使她对生活失去了信心，她放纵自己，居然染上了毒瘾。为了挽救她，父母亲真是操碎了心。历尽九死一生，她终于脱离了毒品。感谢他们的勇气和无私，把自己不堪回首的10年向社会袒露，以帮助其他处于相同苦难中的人。阿帆的痛苦经历提醒了那些正在成长道路上的青少年：永远不要走上背离社会、背离法律的邪路。

毒品—— 一个恐怖的字眼

吸毒——人体的溃疡和社会的毒瘤。迷失、彷徨、盗窃、抢劫、强奸、凶杀、卖淫、形销骨立、死亡的同义词。

有时，毒品似乎离我们很远。

但有时，毒品却又离我们很近。

资料显示，全世界吸食毒品的人数已经达到1亿3千万。而我国吸食毒品的人数也已经达到50万。本来谈毒色变的中国人，正在无可奈何地看着毒品这个字眼正越来越多地出现在我们的视野中。毒品的流行，带来一系列社会问题，带来大量社会不安定因素。

河南省漯河市公路局吕家两个孩子相继吸毒，原本令人羡慕的家庭被毒品笼罩。为了夺回孩子，父亲和母亲与毒品这个魔鬼进行了长达10年的殊死搏斗……

让我们走近吸毒女孩吕娅帆和她的父母，感受这个骇人听闻的故事。这场变故起源于10年前吕娅帆——

高考意外落榜

吕娅帆是一个无忧无虑的女孩，在爸妈的呵护下，幸福而又快乐地成长着。她学习成绩优秀，漂亮，性格活泼、要强，心气很高，是个很招人喜欢的女孩。然而，17岁那年她高考却意外落榜。从没受过打击的她一下子从人生顶端跌到谷底。落落寡欢的她竟然留下一封遗书，悄悄地消失了。

父亲和母亲心急如焚。先是自己偷偷地找遍了河边、车站、远远近近的所有角落。后来是发动亲戚帮忙，最后求助于警察。却终是生不见人死不见尸。终于有一天，九华山管委会打来电话，说他们的女儿在九华山，要削发为尼。总算有了线索，女儿还活着！为防止女儿再次转移，父亲和母亲分别从水旱两路包抄赶往九华山。母亲和舅舅、表哥走旱路，连夜乘车出发，日夜兼程来到九华山下。母亲心神疲惫，无力登山，舅舅和表哥上山找到了吕娅帆。虽然间隔才十几天，可吕娅帆见了舅舅和表哥竟如同陌生人。无论怎样劝说，她就是不下山。情急之下，表哥讲了两件事：一是父亲找不到女儿心情悲伤，躺在沙发上痛哭，居然从沙发上摔了下来；二是在来九华山的路上，母亲心急如焚，既怕到山上找不到女儿，又怕女儿恰好下了山，恐怕与女儿擦肩而过，于是在长途车上，她一直探着身子，看着过往的每一辆客车，她突然发现一辆迎面驶来的大巴车上，有一个女孩很像娅帆，于是便探出半个身子大声喊叫，短短的几秒钟，两辆车交错而过，相距不到半米，汽车的轰鸣声压过了母亲的喊叫，全车人都被母亲的行为吓出一身冷汗……表哥说到这里，娅帆的泪水终于流了出来，她默默地站起身，同意下山见妈妈。

一念之差，染上毒品

女儿虽然找回来了，但父母从此不敢再严厉管束她，生怕她再次出走。经过一段时间，娅帆也渐渐融入了社会，她经营了一家服装店，效益还不错，于是笑容又回到了她的脸上。这天傍晚，有位女友约她去迪厅蹦迪。走到半路，女友突然停住脚步："娅帆，我想你还是别去了吧？"

"为什么？"

"你的性格——到这种地方不太合适。"

"有什么了不起的？我偏要去看看。"

五光十色的灯光，震耳欲聋的音乐，蹦迪者形形色色的服装和夸张放纵的动作都使吕娅帆感觉新鲜和刺激。自从高考意外失败以来，她头一次感到这样的放松。

从此她频频光顾迪厅。

也就是在迪厅，她结交了一批新的“朋友”，并且出于好奇，开始吸食毒品。那是1995年。

黑洞

毒品是一个巨大的黑洞。虚幻的快乐需要付出的不仅仅是健康，还有大把的金钱。吕娅帆很快花光了自己开店赚的钱，但毒瘾却不因为她没有钱就不来，她被迫借钱，借朋友的，借父母的，理由当然是进货。一开始并没有人怀疑她。

第一个干扰来自警察。那天，一位警察突然来到她的店里，严肃地问她是不是吸毒，她当然否认，但警察并不太相信，临走时警告她不要与那伙不三不四的人来往，并告诉她吸毒的危害。警察走了，娅帆除了觉得很没面子，怕周围的人对自己有看法外，心里并不以为然。她想：吸毒花的是我自己的钱，毁的是我自己的身体，关你们什么事？！

第一个确认娅帆吸毒的是妈妈。娅帆最近老跟她借钱，还常常早出晚归，妈妈怀疑她交上了坏朋友，毕竟是女孩子，妈妈担心她吃亏。这天，娅帆回家又是凌晨两点，而且回家就钻进卫生间老长时间不出来。妈妈从娅帆的挎包里找出一小包白色的粉末，正疑惑是什么呢，娅帆从卫生间出来了，脱口喊道：“妈妈你乱动什么呀，那值1000多块钱呢！”

妈妈蓦地明白，女儿吸毒了！她的心猛地一沉，双手颤抖，嘴唇哆嗦得说不出话……

戒毒！戒毒！戒毒！！父母心碎

不久，娅帆的弟弟竟然也染上了毒瘾。弟弟不是跟姐姐学的，但不能不说与姐姐的影响有关系。吕家从此陷入吸毒、戒毒、复吸、再戒毒的反复较量之中。吕父原来是漯河市公路局的工程师，吕母原来是该局职工，一双儿女聪明漂亮，本来是家属院中最令人羡慕的一家，现在却沦为最受人讥笑的一家了。

时隔多年，娅帆仍然清楚地记得自己第一次戒毒的情形。那是一处由拘留所改建的戒毒所，条件很差，特别是晚上，有一种蚊子，叮人很狠，一咬就是一个小红疙瘩。为了让女儿能睡好觉，妈妈就坐在女儿旁边，不停地用扇子驱赶蚊虫。一夜下来，娅帆身上没被蚊子咬着，但妈妈身上脸上却布满了红点儿。

经过一周的熬煎，母女二人离开戒毒所。

母亲曾天真地认为，自己如此地尽心尽力，肯定感化了女儿，女儿也曾表示一定不吸毒了。可是，他们全家都大大低估了毒品的魔力，很快，娅帆又禁不住诱惑，复吸了！

要复述吕家父母为从毒品手中夺回两个孩子做出的努力、付出的心血、经历的绝望是困难的，甚至，连他们也记不得女儿和儿子是几进几出戒毒所了。

为了跟踪孩子，妈妈打出租跟在孩子身后，一旦发现孩子与陌生人交谈就立即下车阻止。有一次，为跟踪女儿，她横穿马路时差一点被汽车碾死。

但他们毕竟无法一天24小时守住两个孩子，他们就请来亲戚帮忙看守。但孩子却总能找出借口，比如去卫生间，比如到门口打个电话，或者买点什么必需品，支开看守者溜出去，完成吸毒或购毒。

他们曾求助于公安局，希望能帮助切断孩子与毒源和毒友的联系。公安局尽了很大的努力，但毕竟力有不逮。

他们曾求助于保安公司，希望能雇两个保安员盯住两个孩子，使他们无法吸毒、购毒。尽管他们承诺支付的工资很可观，可没有一个保安员愿意应聘。

爸爸是工程师，正是建功立业的壮年，可为了两个孩子，他完全放弃了事业，也完全放弃了自己做人的尊严，全力以赴投身于帮孩子戒毒。10年中，他记下两个孩子每时每刻的行踪和表现，期望能从中找出规律。满满的三大本日记倾注着他的心血。当然，他也有过绝望，他甚至想登报与两个孩子脱离父子父女关系。作为父亲，他心灵受到的折磨可想而知。

妈妈的付出更多。作为女人，她更难以承受打击。最绝望时她说，如果我死了，能唤醒两个孩子的良知，也心甘情愿！

冬眠疗治法

关于戒毒有一种说法，叫一日吸毒，终生戒毒。据有关资料统计，戒毒者的复吸率达到百分之九十五以上。戒毒谈何容易。在漫长的十年戒毒时光里，吕娅帆的爸妈始终没有放弃过，他们用亲情，耐心呵护着自己的儿女，不管多少次反复，他们从没有绝望。用父亲的话来说，就是用亲情唤醒儿女的良心，然后用耐心等待儿女的回头。于是，只要孩子说要戒毒，尤其是在家里戒毒，爸妈便会像伺候月子一样伺候娅帆。每每说起这些，女儿都泪水涟涟。

戒毒的方法中，有一种“冬眠疗治法”，说白了，就是打上一种药，让戒毒者昏迷一周，据说可以让戒毒者减少对毒品的渴望，同时减轻毒瘾上来时的痛苦。为了给儿女彻底戒毒，父母采取了这种很极端也很痛苦的疗法。这一周内孩子就是个植物人，父母要为孩子喂食，定期翻身按摩，妈妈要为女儿擦洗身子，换尿布。有一次，娅帆在戒毒所戒毒一个月，爸爸竟然一个月没脱下过衣服。每一次戒毒，妈妈和爸爸都要瘦一大圈儿。娅帆每次醒来的时候，看到爸妈操劳的身影，便止不住自己的泪水。她不止一次地下定决心：爸爸妈妈，我一定摆脱毒魔，回到你们的怀中。

悔恨交加，
她曾断腕自残

戒毒过程中，戒毒者毒瘾上来而吸不上毒是很痛苦的，也是很疯狂的，能发生各种自残和伤人的意外。所以，每天晚上临睡觉前，父母都要把家里的菜刀等器物小心地收藏好。就是这样，也未能防止意外的发生。有一天，娅帆的毒瘾上来了，向父亲要钱买毒品。父亲当然不答应。娅帆突然产生了一种冲动：吸毒要两只手操作，如果砍掉自己的一只手，不就无法吸毒了吗？她摸起菜刀想自残，但被父亲及时发现，抢过菜刀。但是仅仅过了5分钟，她趁父亲不备又拿起菜刀冲进卫生间并反锁上了门。父亲大吃一惊，一脚踹开门，但已经迟了，娅帆刀已砍下，左手腕正血流如注。一刹那间，气、恨、惊、心痛，百感交激，父亲流泪了，他怎么也想不明白，本来一个懂事、聪明、漂亮的女儿，为什么变得像恶魔一样。他一跺脚冲动地说：“要死你就死去吧，不管你了！”可仅仅过了几秒钟，父亲就冲上去夺下刀、为女儿包扎并拨打了120……

为了父母的心愿

娅帆最后一次进戒毒所是2003年初。在此之前，弟弟从戒毒所里出来，一直没有复吸。与前几次一样，这次也是娅帆自己提出来的。她想，爸妈都60岁了，自己也快30岁了，如果是正常人，应该是三代同堂了，现在自己弄成这样，拖累爸妈，觉得很愧疚。爸妈年龄也都大了，以后自己得照顾他们。良心的发现促使她再次下决心戒毒。经过一个月的痛苦煎熬，她在父母的陪伴下最后一次走出戒毒所。

良心的唤起使她认识到以前的罪孽。过去的十年仿佛一场恶梦，令她痛心不已。她自责而且觉得自卑，觉得无脸见人。她在家里自我封闭了3个月。在这期间，父母给了她最多的爱，鼓励她直面人生，重新做人。单位也给她以照顾，让她干临时工，就负责宿舍大院的卫生。每天，当娅帆抱着大扫帚扫地时，就想到自己是在以这种方式赎罪。

儿子和女儿相继走上重生，最欣慰的当然是父母。2003年5月底，爸爸主持召开了一次家庭会，正式宣布从今天开始不再记日记了，因为他确认，姐弟俩已经戒毒成功。妈妈则跑到一棵大槐树下，默默地许愿，如果3年后还能保持，她一定请一个戏班，唱一场大戏，为两个儿女庆祝。

祝姐弟俩一路走好

在结束采访时，记者首先对娅帆和她的爸妈表示感谢，感谢他们的勇气和无私，把自己不堪回首的10年向社会袒露，以帮助其他处于相同苦难的人。记者问娅帆，在重生之际，她最想对父母说的话是什么？她深情地说："如果有来生，愿意还做父母的女儿，以弥补今生给父母带来的痛苦。"记者打趣地问她的父母来生还要不要这个女儿，他们含着眼泪争先恐后地连声说："要，要！"

记者眼前突然掠过一道阴云。那是《西游记》里白骨精变的那团云，不知何时就会偷袭我们；记者又想到《动物世界》里那只潜伏在河边的鳄鱼，不知什么时候会突然地伸出大嘴，把一只正在喝水的小牛或是小马叼下水。据有关专家说，至少要经过三年零四个月，吸毒者身上的毒素才会完全消失。而据有关资料统计，戒毒者的复吸率达到百分之九十五以上。娅帆和她的弟弟距这个目标还有一年多的时间。记者衷心地希望娅帆和弟弟能胜利地到达那一天，真正成为戒掉毒品的百分之五，完全彻底地回归到正常生活。希望大槐树下的那台戏演得红红火火，欢欢乐乐！

感悟与思考

青少年时期的孩子“成人感”产生，但爱走极端；比较关注自我，但行为偏激；关注社会，但掩饰内隐；社会上的不良风气也给其身心健康发展带来了恶劣影响。父母对子女的爱只有建立在双方互爱、互相理解、尊重的基础上，才能绽放出爱的芬芳。

母亲对孩子的错误并没有一味的责罚、训斥，而是从情感和生命关怀的角度出发，对孩子表现出了应有的宽容，用自我的行动感化，给了孩子自我反思的契机和自我修正的时间。

开展情感教育，用亲情，温情和友情去温暖青少年的情感世界，滋润他们的心田，让他们学会爱。教会孩子在自我尊重的同时，学会对生命的敬畏、欣赏、热爱；教会孩子感激生活，感激父母辛苦的给予。要亲近孩子，关心他们，不仅仅从学业上，更要从情感上关心他们的需要，尤其是在他们产生倾诉内心烦恼和快乐的愿望时，一定要真心地听他们诉说，激起他们生命中的情感与沟通的潜质。

开展生命教育，教育孩子要尊重生命，懂得生命的意义和价值，学会对自己的生命和他人的生命负责，学会珍惜；更要不断提升自己生命的价值，增强自己的使命感、责任感；磨练学生的意志品质使学生具备健康的心理素质。人生道路上布满了荆棘，我们要学会面对，正视困难，正视挫折与失败；学会调节自己的情绪，采用正确的方式解决问题，不断磨炼自己的意志品质。

毒品的危害已经为我们敲响了警钟，吸毒已成为人体的溃疡和社会的毒瘤。在此，我们倡议：享受美好生活，远离毒品，珍惜生命！

叫一声妈妈

幸福的家庭都是相同的，不幸的家庭各有不幸。女儿的出生曾带给她最大的快乐，然而，发现女儿是先天性重度失聪又给她最大的打击。为了让女儿学会说话，她的付出是常人难以想象的。科学的方法加爱心和恒心是成功的关键。而女儿冰玉也非常的坚强，她积极配合妈妈，不容许自己有任何的自卑，最终成为了妈妈的骄傲。

张冰玉落落大方地与记者握手，先用英语介绍自己："Hi My name is Zhang Bingyu, I am thirteen, I am from NanJing, Thank you。"然后又用汉语说："大家好，我叫张冰玉，我今年13岁了，我是从南京来的，希望大家多多支持我。谢谢大家！"她的英语说得很流利，而汉语听上去却有那么一点儿怪怪的。不要以为她是外籍华人。她是地地道道的中国人，生在南京，长在南京。

而且，她还是一个极重度的先天性聋儿！

漂亮女儿竟是极重度聋儿，陈卉想抱着女儿一起轻生

陈卉出生在南京市一个幸福和谐的家庭，姊妹三个，她是老小，从小父母就特别疼爱她，由于父母教子有方，加上她懂事上进，因此她的人生之路可以说是一帆风顺。结婚一年多，她怀孕了，她和爱人对未来的孩子有着许多期望。他们都希望生一个小姑娘，特别是陈卉，想要一个漂亮的女儿，长大以后像她一样，亭亭玉立，气质、修养各方面综合素质发展都非常好，然后读完大学，从事一份比较好的工作。这就是陈卉对未来的女儿的"比较切合实际的憧憬"。

一切都似乎那么随心如意。果然是个女儿，果然非常漂亮、非常可爱。看着可爱的女儿一天天长大，陈卉幸福极了。沉浸在快乐中的妈妈是粗心的，亲戚朋友们察觉小冰玉听力有毛病时，陈卉不但不相信，心里还有些别扭。当她和丈夫逐渐感受到女儿的听力确实有障碍时，特别是与同样大的孩子相比较对声音反应不灵敏时，又采取了鸵鸟政策，不敢面对；一直等到孩子11个月的时候，觉得实在拖不下去了，才忐忑不安地抱着女儿到医院检查。那是一连串让陈卉夫妇刻骨铭心的检查：第一家医院的医生让他

们把孩子抱住，背对着医生，医生猛拍桌子，女儿却一点儿反应没有。医生说，你这个孩子听力有问题。然后是到另外一家医院做听力测试。医生把孩子抱过去，夫妻俩就在外面等着，当时的那种感觉，“就像等待宣判的犯人”，他们期盼着所有的人、包括第一家医院医生的判断是错误的。两个人都沉默着，不出一点声音。陈卉的情绪沉到了谷底。孩子被抱出来了。医生说他们那个听力检测的仪器只能发出90分贝强度的声音，而女儿没有任何的反应。医生说，你的孩子是属于极重度的耳聋。见他们不懂，医生进一步解释说，90分贝的一个直观含义是什么呢，火车的声音是80分贝，你们的女儿站在站台上面，火车从她身边呼啸而来，她才能感受到一点点儿声音，其他的任何声音她都是听不见的。之后，他们又抱冰玉到第三家医院去确诊。最后的结果是：双耳诊断出来的听力是110分贝！对于陈卉夫妇来说，这样的打击是非常残酷的。他们先是希望女儿不是耳聋，继而退了一步，即使是先天性耳聋，也希望聋的程度要轻一点。可是结论却偏偏是最残酷的：女儿是极重度的耳聋，几乎没有残余听力。俗话说，“十聋九哑”，没有听力就不能学会说话，就会成为哑巴！寄托着全部心血、全部的爱和期望的漂亮女儿居然要成为一个聋哑儿，陈卉夫妇感觉天就要塌下来了！特别是陈卉，看着怀里浑然不觉还是一味儿地拱着找奶吃，吃饱了就笑得一脸的灿烂，睡得一塌糊涂的女儿，想到女儿长大又聋又哑，艰难生活，陈卉就有一种万念俱灰不敢想下去的感觉，她的泪像断了线的珠子一样落到女儿脸上。她甚至想抱着女儿一起轻生……

捧着书，
陈卉像是抓到了救命稻草。
横下心，
女儿的康复工程艰巨漫长

阻止陈卉抱着女儿轻生的，还是女儿，因为女儿越来越可爱，11个月、12个月、一岁多了，女儿虽然不会听，不会说，但是她依然会本能地发出很多咿咿呀呀的声音，而这些声音在陈卉听来是非常美妙的，女儿还能做出很多很可爱的举动：会翻身了，会坐了，会爬了，会伸着小手要东西了，拿到东西高兴得咯咯笑……这一切都令做妈妈的觉得真的是难以割舍。

爱与无奈交织着，眼前与不敢想的未来交织着。陈卉每时每刻都处于矛盾之中。多少次梦中醒来，泪水打湿了枕头……

女儿一岁左右的时候，也就是在发现女儿耳聋一个多月以后，陈卉得到了一本名叫《聋儿家庭康复教材》的书，她如获至宝，像得到了救命稻草一样，因为书中有很多康复的手段和方法，陈卉觉得它一定可以让女儿得到新生。按照书上的方法，陈卉做的第一步就是及早地给女儿佩戴助听器，使女儿不因为耳聋就完全感受不到生活当中的声音；第二是培养她用眼神来注意妈妈说话时的双唇，因为她的听觉不能帮助她学会说话，但她的视觉却完全可以；第三是把家中到处贴满了字，所有的物品，包括痰盂、马桶，都贴上了汉字，使女儿在听不见声音的状态下，能够看到妈妈的嘴巴，结合这样的文字，帮助她理解：原来这些东西都是有名称的。

当然，说说容易，真正做起来难度是非常大的。就说佩戴助听器吧，女儿本能地排斥，一岁多一点儿，懂什么，觉得碍事，就经常地拽啊摔啊，妈妈就又把它重新拾起再给她戴上，这样反反复复，让女儿养成戴助听器的习惯；让女儿看妈妈说话的嘴唇就更难了。一岁多的孩子，天性好玩好动，特别是小冰玉，从小就很活泼很调皮，很不愿意受别人的摆布和控制，她总会有自己的希望和爱好，她好奇的眼光会被更吸引她的东西吸引住，她不会用一个眼神固定地看某一个人的嘴巴，即使这个人是她的妈妈。所以说当初训练女儿的眼神是很困难的。陈卉多次气馁过，但一定要让女儿康复的信念支持着她。为了教女儿一个词汇，要说几十次几百次甚至几千次。可是女儿毕竟年龄太小，根本不懂得妈妈的心意。比如教她喊妈妈，她不会很好地反馈，她就一直说妈妈妈妈妈妈妈妈，是一种下意识的发声，而不是有意识地去喊你。

3岁多时，小冰玉第一次叫出“妈妈”，惊喜若狂，全家人激动地拥抱在一起

陈卉对于女儿的付出，是很难一一写出来的。由于用嗓过度，她的声带曾长出了肉瘤，不得不手术摘除。医生警告她说，你今后不能大声说话，也不能多说话，否则就可能永远失语。但陈卉怎么可能放弃对于女儿的训练？尽管工作是那样的枯燥，是那样的辛苦，那样的毫无回报，但陈卉还是一如既往，无怨无悔。

那是一天的下午，陈卉照例对准女儿说：喊妈妈、喊妈妈。小冰玉突然清晰地说：“妈妈。”陈卉一愣，不敢相信自己的耳朵，她怕女儿是出于下意识，就说：“再喊一遍。”小冰玉又清晰地叫：“妈妈。”

巨大的幸福令陈卉不敢确定，她跑到厨房对正在做饭的丈夫说：“你赶快出来，看我们的女儿是不是真的会叫妈妈了！”两个人来到女儿面前，陈卉对女儿说：“再喊一声妈妈。”小冰玉依然清晰地喊：“妈妈。”那一刻是陈卉一生中最幸福的一刻，女儿的第一声妈妈深深地感动了她，全家人泪流满面，紧紧地拥抱在一起。

小冰玉真的会喊妈妈了。那年，她3岁多。也就是说，妈妈两年多的教育和训练，终于有了回报！

厚积薄发，是付出总有回报；不言放弃，爱是永恒的信念

陈卉的过人之处，就在善于总结。女儿能说妈妈，她当即就想到女儿就能说更多的话：能说两个字的词，就能说3个字的词，能说3个字的词就能说短语。她十分兴奋。那一刻她终生难忘。就像是一层窗户纸，捅破之后，一下就亮了。教女儿说话也是这样，慢慢地积累、积累，然后是一个总的爆发。对呀，什么事情都需要有个过程，做父母的，都恨不得孩子今天学明天就会，但是聋儿和普通孩子学说话，差距是非常非常大的。你一点一点地给她灌输、灌输，给了她那么多，虽然看上去女儿没有反应、没有进步，其实女儿是在积累，她就像一块海绵，在吸、吸、吸，然后才会厚积薄发。而这种厚积薄发的过程，也需要有一个漫长的心理准备。接下来是短语，陈卉用文字来帮助训练女儿，比如说喝水，一开始女儿要喝水，只会讲："妈妈喝水。"之后，陈卉就不允许她说"妈妈喝水"，而要求她说"我要喝水"。陈卉把这句话写下来，让她看，反复地让她运用，然后就让她逐渐逐渐懂得语言的含义，逐渐过渡到短语。

然后，陈卉又教她认知其他物品，每一个词或短语，都要几十遍、几百遍的教，而小冰玉往往是依然说不出来。劳累之余，陈卉看到其他同龄的孩子，朋友家的孩子，个个都是能说会唱的，与别人交流起来那么自如，那么随心所欲，而自己的女儿还是不会说，只能是哇啦哇啦的，还经常拍拍打打，用手势来表达她的心意，活脱脱一个聋哑孩子，陈卉有时也非常气馁，埋怨命运的不公平。自己的朋友们都有自己的业余生活，闲暇的时间都能到外面享受一下，而自己没有，自己所有的时间都要给女儿。也有人劝他们放弃。其实当初医生诊断出来的时候，就说你们可以生二胎，并给他们开了证明。但陈卉夫妇很喜欢这个女儿，舍不得，不忍心放弃。就是这种爱的信念一直支撑着他们，特别是陈卉。

感天动地，母亲是“最伟大的母亲”；“惊天动地”，冰玉让父母又喜又怕

小冰玉是个懂事的孩子。可以说，如果她坚决不配合的话，也不会有今天。回忆起童年，她说自己“应该是很幸福的”，她“记得最清楚的是，我小时候玩得太少了”，所有的时间都是跟妈妈学说话。她说：我跟别的孩子不一样，别的孩子一听他们就能学会了，而我不是的，我还要叫妈妈反复地教，所以我可以玩的时间总要比别的孩子少。

记者问，妈妈对你要求得那么严，不让你玩，你怪过妈妈吗？

她瞪起稚气的眼睛，认真地说：“没有。”想想，她又极认真地补充说：“我妈妈是伟大的母亲，世界上最伟大的母亲。”

五岁的时候，小冰玉做了一件“惊天动地”的大事。那天爸爸妈妈工作比较忙，就把冰玉放到外婆家里。中午，冰玉的外公外婆都睡觉了，冰玉独自在客厅里面玩儿，看电视。玩着玩着她突然想，我为什么不能回家呢？于是她就轻轻地把凳子搬过来，踩上去，摘下门钥匙，把上了锁的门打开，拿着外婆一个包，“逃”走了。楼下正好有一辆三轮车，冰玉就跟人家讲她家住在哪儿，应该向左拐向右拐，三轮车夫根据她的指挥把小冰玉拉回了家。下车后要付费时，小冰玉打开外婆的包，才发现里面只有报纸，没有钱。就跑到邻居家里面去借钱。邻居的那个老奶奶觉得有点奇怪，就打电话给冰玉的爸爸妈妈。夫妻俩匆匆赶回家，一则以喜，一则以忧。高兴的是女儿终于能用自己学到的语言，完成了这样一件普通孩子都不能完成的事情；担心的是，如果女儿被坏人带走了怎么办。但毕竟，高兴是主要的，这甚至可以说是冰玉从降生以来所带给父母亲的第一次自豪和光荣。

“电子耳蜗”，全新感受学说话要“从头再来”；一鼓作气，半年突击小冰玉消除语言障碍

小冰玉 6 岁的时候，“电子耳蜗”问世了，这件能帮助聋人彻底回到有声世界的新产品给陈卉带来了新的希望。他们全家到处打听这样的产品，广州、上海、北京……终于找到了，价格却高得吓人，加上手术费一共是 22 万元，在 1998 年，对于一个工薪家庭来说，这无疑是个天文数字！当时就把这对夫妻吓懵了。令他们永远难忘的是，得知这一情况后，双方单位给他们捐助了 10 万块钱，而双方的家长又给他们凑了 10 多万元。这样，小冰玉在差 3 个月 7 岁的时候，植入了电子耳蜗。

读者也许会以为，植入了高科技的电子耳蜗以后，小冰玉就会很顺利地听到、很流利地说话了。但事实恰恰相反。电子耳蜗与助听器原理不一样，它是通过电子信号来刺激听神经的，与助听器的效果完全不一样，小冰玉听到的东西与原来听到的完全不一样了，她实际上是处于能够听见但却完全不知道听到的是什么的境地。电子耳蜗带给她的，是全新的，完全不能理解的声音。每一个词、每一句话都要重新训练，要听 10 次、20 次，听熟了她才会产生听觉记忆。由于有前面的成功，陈卉信心比较足，力度也是比较大的，小冰玉配合得也比较好，半年以后，她就能够听、说很长的语言，并与对方做交流了。

将心比心，陈卉开办聋哑儿康复中心；充满自信，小冰玉人生路上处处优秀

在冰玉康复之后，陈卉完全可以回复她一直渴望的正常人的生活，像其他人一样有自己的休闲时间和爱好，但是她却选择了

另外一种生活的方式——她开办了华澳聋哑儿康复中心，用自己治疗女儿积累的经验，救治其他同样不幸的儿童。起因是，在女儿康复的过程中，陈卉接触到了很多聋儿的家长，她感到他们很需要她的帮助，他们向她投来的充满希望的目光令她无法回避。于是，在小冰玉四年级时，陈卉毅然放弃自己的工作，筹措资金并创办了康复中心。创业的艰难无法一一叙说，单是在教其他聋哑儿童的过程中，她累得又一次声带长出肉瘤并再次手术，就足以说明一切。原来有一副好歌喉的她现在已经不敢唱歌了，说话声音也有些嘶哑。令她欣慰的是，在她的努力下，已经有一批聋哑儿童走出残疾人的阴影，迈入健康幸福的有声的阳光地带。

而可爱的小冰玉，在经历了别人不曾经历的这一切后，已经与正常儿童融为一体。陈卉至今珍藏着2000年的3月16日小冰玉获得的第一张奖状，上面的字是“识字活动中被评为识字大王　特发此证”。此后，小冰玉又获得了很多的荣誉。在与他人交往中，她要求自己跟别人一样，不允许自己有任何的自卑，任何的特殊。妈妈要求她，做人就要自信一点。小冰玉岂止是自信，而是非常的优秀。她是班里第一批少先队员，是学校的十佳少年，各方面的发展均衡，经常不断地拿回家各种各样的奖状，给妈妈带来惊喜，考试成绩也总是班上第一第二名。她学会了弹钢琴，还像妈妈一样，喜欢唱歌。

小冰玉生活在阳光下。因为她有一个好妈妈。

感悟与思考

每个孩子都是父母心中的花朵，也许从欣喜的孕育开始，父母就已开始期待自己的孩子会是花园中最漂亮的一朵。极重度耳聋的小冰玉的降生却给她的妈妈沉重的一击。但妈妈执著的爱最终让小冰玉的生命之花沐浴温暖的阳光，灿烂地绽放。

爱，为蓬勃的生命撑起了一片天空，也让勇敢的母女走出了一条全新的生命之路。

坚强的母女让我们看到了生命的尊严，也让我们看到生命的期待。

爱是一种权利，一种勇气，也是一种责任，它不允许漠视与放弃。孩子的生命是脆弱的，孩子的成长离不开父母必要的爱的投入。生活在妈妈的爱中，小冰玉是幸福的，也是幸运的，妈妈的爱让女儿的生命变得安全而精彩。这对母女的爱与被爱，都让我们看到了生命中亲情的可贵与美好。可是现实中有多少父母面对自己认为“有问题的孩子”时选择了逃避、漠视甚至放弃，有多少“留守儿童”正徘徊在父母之爱的边缘孤独地成长？爱是一种权利，也是一种责任。繁忙的生活中，父母应该给予孩子需要的爱护、引导与关注；面对成长中的孩子，父母应该投入自己爱的智慧，享受热爱子女的神圣权利。孩子丰富的生命宝藏，期待父母关切的目光。

唯有爱，唯有爱的尊重与坚持，唯有爱的付出与智慧，才能让我们的孩子沐浴爱的温暖，幸福地成长！

多一些耐心的关注，多一些尊重的呵护，多一些理性的思考，孩子会回报给我们更多的惊喜，生活将会变得更加温馨与从容。

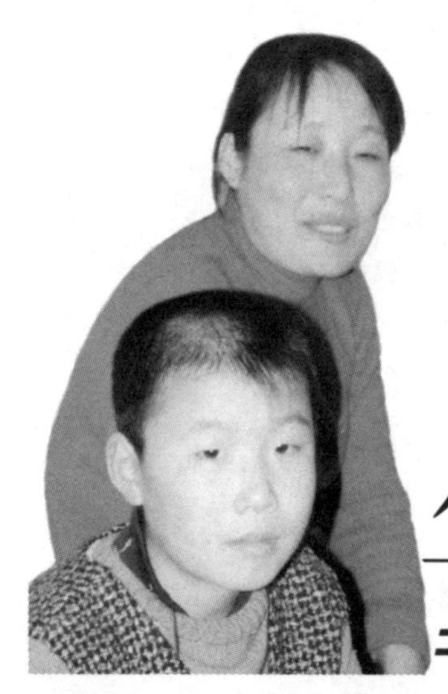

生命 = 抗争 + 幸运

宝贝儿子被查出重度先天性心脏病，跑了多家医院都拒绝收治。丈夫被击垮了，临终时拉着她的手说：“你一定要给孩子治好病。”

为了实现丈夫的生死之托，为了救治自己的儿子，她走上了一条不归路。她外出打工，攒下一点钱，就背着孩子到处求医。为救孩子，她情愿卖掉房子，情愿捐出自己的器官。她的坚韧感动了无数的人，终于，在当地政府、企业和名医的帮助下，孩子走上了手术台……

王美花，青岛即墨市华山镇一位普通而柔弱的母亲，抱着患有严重的先天性心脏病、被九家大医院判了死刑、国外医院也拒绝救治的儿子张吉龙，面对丈夫因忧愁而壮年病故的绝境，不放弃，不屈服，奔走呼号、求医问药、打工挣钱、求援上访，顽强地抗争了8年多，终于感动了上帝，在当地政府、企业和医务人员的热情帮助下，最终幸运地挽救了儿子的生命。

30岁喜得贵子，却是个“紫孩子”

1995年的一天，即墨市华山镇某村一张姓人家喜气洋洋：他家的儿媳妇王美花生了个儿子。当父亲的已经30岁了，头一胎是女儿，按政策可以要第二胎，全家人盼的就是得个儿子，如今如愿以偿，儿女双全，吉祥。他们给儿子取名张吉龙。

快乐的日子总是过得很快。不知不觉间就到了张吉龙的百岁。按风俗，是要大宴宾朋的。亲戚朋友都来祝贺，好不热闹。也许是闹的也许是有点累，百岁宴后小吉龙感冒了，发热，喘，更特别的是浑身发紫，嘴唇、指甲盖和眼窝更是发黑，小吉龙还有个特别之处，就是能哭，连睡觉也必须抱着，放下就喘不动，而且一哭就似乎要背过气儿去。有经验的老人说，不行，得看医生。王美花抱起吉龙，与丈夫一起快步来到医院。

大夫说：“没治了。这不是个孩子，是个废物。”丈夫扑通一声瘫在医院

接诊的大夫二话没说就开出了彩超单。

王美花和丈夫抱着吉龙来到彩超室，查了整整一个下午。最后

大夫为难地说："心脏病是肯定的，但不能确诊病情。这样吧，你们明天再来，我们免费再给你们查查。"

第二天一家三口在彩超室又查了整整一上午，大夫反复地看，还是不能确定病情。最后说："是心脏病，而且非常严重，没治了，这不是个孩子，是个废物，是一把土，养不大。"

话音未落，只听扑通一声，王美花的丈夫已瘫倒在地。夫妻俩抱头痛哭，几乎无力走回家门。

9家大医院竟然做出了9种诊断，

但结论却是相同的：顶多活两年。

怀着一丝幻想，张家开始了艰难而又漫长的求医之路。张家并不富裕，但再穷也得先给吉龙看病。北京、上海、广州，前前后后辗转跑了9家大医院，奇怪的是，9家医院给出的诊断都不相同，但结论却是一样的：严重的先天性心脏病，无法治，顶多活到两岁。

医院不能治，就求"神"。没想到"神婆"与人说的一样：没治了，别费心了。这是个来要账的。

丈夫临终拉着她手说：
"你一定要给孩子治好病"

深夜，好不容易把小吉龙哄得睡着了，王美花也困得眼一闭就睡着了。可她一个激灵醒来，丈夫不见了。她着急，又不敢离开孩子，只好求婆婆起来看着孩子再去找丈夫。在村头，她发现丈夫正扶着一棵树在哭。她不敢上前惊扰丈夫，就在一旁等。丈夫显然哭了很长时间了，擦干泪沿着一条大路往前走。王美花怕丈夫想不开，迎上去问干什么，丈夫一愣，老实地回答说："我想碰上个神仙，求他给咱孩子治病。"

再后来，丈夫几乎每晚都夜游似地在野外游荡。反正他也睡不着，劝又不听，王美花只好由他。有一天早上丈夫回来满脸是血。原来是不小心掉进枯井摔的。

忧郁、愁闷，丈夫不堪重压，一病不起。临终时丈夫拉着王美花的手说："美花呀，对不起你，我要走了，你一定要治好吉龙的病啊！"王美花哭得昏死过去。她与丈夫结婚以来感情非常好，两个人恩恩爱爱，从来没红过脸。现在丈夫死了，女儿才8岁，两岁的儿子找不到医院收治，为给孩子看病，家里还欠着两万元的债……她觉得，自己是天底下最不幸的女人了！她想到了死，可是她又舍不下女儿，更舍不下儿子，她已经答应了丈夫，就要尽一切力量为儿子治病。

她开始了更为艰难的抗争之路。

妈妈，我也要上体育课，我也要劳动

儿子由父母照看，女儿住在公婆家，王美花一个人外出打工，期望能挣下点钱为儿子治病。还要求医问药。她曾在3个月内背着儿子跑了20多家医院！每一天都是艰难的，唯一的支撑是儿子还活着。令人沮丧的是挣来的那点血汗钱只能勉强维持生活。就这样，吉龙到了入学的年龄，可是他没有力气走到学校，得由姥娘或姥爷背到学校，到了学校也只能坐着，稍微一行动就喘不开。有一天他回到家对妈妈说："妈妈，为什么别人上体育课我不能上？为什么别人劳动我不能参加？我也要上体育课、我也要劳动！"听着小吉龙稚气的要求，王美花心如刀割，泪如雨下。

为救儿子，她情愿出卖器官

眼见得靠自己打工要攒够八九万元的手术费是根本不可能的，王美花想卖掉房子，却没人要。有人甚至说，你这房子就是卖50元也没人要——风水不好，晦气，住了要生病死人的。好心的街坊邻居也劝她，孩子反正是治不好，就由他吧。但王美花没有放弃，她想到了社会，想到了媒体。她背着孩子到即墨市妇联求援，到青岛电视台和青岛日报社求助，希望媒体能帮她发出呼吁，她双膝脆下说："只要能凑够孩子的手术费，我情愿捐出一只眼睛或一只肾！"

孩子慢慢地懂事了，知道心疼妈妈。有一次，是大热天，王美花背着吉龙爬一个高高的台阶。累得气喘吁吁，汗湿透了衣裳，小吉龙伏在妈妈的耳边说："妈妈，咱不治了，我活几年就算几年吧！"

外国人也说，没有治愈的希望

王美花的执著感动了社会，不幸的家庭引起了各级党委、政府和社会各界的关心。2004年5月，当美国的一家慈善机构来为当地免费治疗疑难病症时，政府和许多人首先想到了王美花母子。张吉龙是第一个报名的，病历被调到美国，王美花充满着希望，可是，张吉龙的病历却又是第一个被退回来的，原因是吉龙的病太复杂太严重，对方认为没有治愈的希望。失望至极的王美花整整哭了一天一夜。

似乎应了天无绝人之路的老话，仅仅过了两个月，韩国一家慈善机构也举办类似的活动，满怀着希望，张吉龙又是第一个报了名，可结局却是惊人的相似。对方的理由是，这个病太罕见了。

再次的失望使王美花产生了轻生的念头，在栈桥边，望着一波一波汹涌而来的波浪，王美花产生了自己轻松地解脱在大海里的幻觉。她与背上的吉龙有这样一段对话。

“吉龙，大海好看么？”

“好看。”

“你愿意让妈妈背着你，一起走进大海吗？”

“我——不愿意。”

“为什么？”

“我不愿意妈妈死。妈妈死了，谁来照顾姐姐呀？”

王美花的心颤抖了。眼前的海浪退去了。她紧紧地搂着吉龙，久久地亲不够。

9岁的张吉龙，体重只有39斤，瘦得像一只病猫。

社会伸出了援助之手

就在母子俩上天无路、入地无门的时刻，社会伸出了援助之手。正在实施大病统筹、大病救助爱民政策的即墨市政府，得知王美花的情况后，决定作为重点给予帮助，经过他们的牵线搭桥，青岛中源盛集团董事会捐助5万元善款为张吉龙治病。当王美花接过这个装有5万元现金的大信封时，激动得一连鞠了好几个躬。

钱有了，求医还是难题。九个大医院不同结论，使许多医院对张吉龙的医案难以判断，望而却步。王美花得知青岛儿童心脏中心的专家邢泉生有高明的医术后，决心求助于他。母子俩的真情终于感动了邢主任和中心的领导，收治了张吉龙。经过精心的准备，邢主任亲自主刀，于2004年8月30日为张吉龙实施了长达8个小时的手术。手术取得了圆满成功，一个星期后，张吉龙不让护士抱他，坚持自己走出重症监护室，扑进母亲怀里，他说的第一句话是：

妈，我没死，我活着

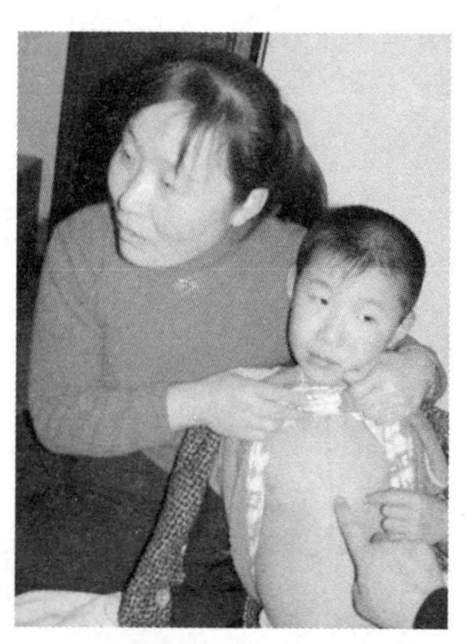

从儿子上手术台之前，王美花的心就一直悬着。往手术单上签字时，她手抖得几乎握不住笔。手术做了8个小时，她的心也揪了8个小时。虽然手术很顺利，但邢主任还是对她有所保留地说："现在还没过危险期。"于是，这一夜王美花就在监护室门口来来回回走了一夜。直到第二天上班后邢大夫查完房对她说："现在可以说，手术成功了。"王美花心中一块石头落了地，浑身像是脱了一层皮似的，既无比的轻松，又极度的疲惫。为了让孩子知恩图报，住院期间，王美花每天都记日记，但唯独做手术那天没记一个字。记者问为什么，她说了6个字：不敢想、不敢写。

张吉龙出院后，王美花把自己出于心底的话语做在几面锦旗上，献给有关单位，并把剩余的5000元人民币捐给了大病统筹的有关部门，作为对于社会的爱心回报。如今，王美花在努力工作挣钱还债；孩子已是健康儿童，寄居姥姥家的学校学习。记者曾问她有没有想过再成个家，她稍稍犹豫了一下说：我带着两个孩子……

感悟与思考

母爱是人伦之爱，是人类感情的表达。广义上的母爱具有自私和伟大的双重特征，只有那些能够默默救助孤立绝望的社会残儿、病儿，危机关头对非血缘后代舍生救护，为拯救血缘关系的子女可以奉献一切的母爱我们才能够称之为“伟大”。伟大的母爱必须是超越普遍意义之上的一种母子亲情关系。为了救治自己的孩子，张妈妈跪求社会，寻求帮助，在“上跪天、下跪地、中间跪父母”的思想的影响之下，一个人可以向陌生人双膝下跪，这是一种怎样的感情，这是一种怎样的母爱；为了自己的孩子，张妈妈甚至情愿出卖器官，“身体发肤，受之父母，不得随意损伤”，身体是父母留给人们在世上的有力鉴证，为了自己的孩子，一个母亲可以把上代的“遗产出卖”，这是怎样伟大的母亲，这是何其崇高的母爱！美国当代著名作家芭芭拉·金索尔夫说过，“母性的力量胜过自然界的法制”。正是因为有了自己母亲无私、伟大、崇高的爱，张吉龙这个被判定只能活两年的孩子，却顽强地走过了九个春秋，最终得到了上帝的恩赐，战胜了病魔，获得了新生。在这3000多个日日夜夜里，母亲做出了多么大的牺牲，这其中包含了母亲怎样的母爱！

“天下多男人，尽是兄弟之辈；天下多女子，尽是姊妹之群”，社会是个大家庭，我们都是这个大家庭中的一份子，人与人之间的关系就是兄弟姐妹之间的关系。张吉龙的康复是母爱所创造的奇迹，但更是人与人之间亲情关系的有力见证。他的“再生”是社会各界帮助的结果，是社会责任升华的结晶。尽管越来越多的人认为人性是自私的，人与人的关系趋于冷淡，“人不为己，天诛地灭”已经成为了某些人的处世名言。但是从这个故事中，我们看到了人间自有真情在，正是有那些乐于助人、无私奉献的团体和个人，使得人与人之间的关系不再隔阂，心与心之间的距离不再遥远。“只要人人都献出一点爱，世界将变成美好的人间”。

现实生活中，既有为子女放弃一切甚至生命的伟大母爱，也有亲手杀死亲生子女的狠心母亲，面对这两种极端的母爱，你有什么样的感情需要表达？

自行车上的父爱

一场突如其来的大病使她永远失去了站立的能力。可是她照样进幼儿园，进小学、中学、大学。人生中，爸爸的自行车成了她的双腿，爸爸抱着她走上大学教学楼的一级级楼梯。现在，她已经参加了工作，而且出版了自己的长篇小说。有人说她是又一个张海迪。身体残疾并不可怕，只要怀有对生活的执著的热爱和永不妥协的奋斗精神，就能拥有属于自己的精彩。

她叫袁茵。有人说她是柳州的张海迪，有人说她是中国的保尔·柯察金。其实，她就是她自己，一个心地善良、面容姣好、但不幸自幼双腿瘫痪的姑娘。现在，她不仅像正常人一样有一份工作，晚上她还开通“茵茵爱心热线电话”，用她的爱心帮助了无数遭遇困惑、甚至一度对生活绝望的人；她在柳州晚报开了专栏，每周发表一篇文章；她还写了十几部小说，其中有的已经与出版社签约，出版在即。

她之所以能有今天骄人的成绩，离不开爸爸的爱。20多年来，爸爸用大山一样的爱拥戴着她，呵护着她，用自行车载着她一路前行，从入幼儿园开始，到读小学、中学、大学。直到今天，她上下班还是由60岁的爸爸骑自行车接送。

爸爸的自行车就是她的双腿。

爸爸的爱帮助她展开理想的翅膀。

让我们循着父女俩与他们用过的四辆自行车的轨迹，追述自行车上的父女深情——

一念之差，
茵茵的双腿失去了功能

茵茵是1978年正月出生的。由于爸爸妈妈都忙于工作，姥姥来帮忙带她。姥姥在柳州呆了一年。茵茵一岁零两个月时，姥姥要带她到江西余干县的乡下去。妈妈到火车站去送她们。不知为什么，小小的茵茵坚决不肯上车，她拼命地扯着妈妈的衣服，哭着喊着“妈妈！妈妈！”已经走下火车的妈妈觉得女儿可怜，想返回去抱回女儿，可是火车已经开动了……

就是这一念之差，改变了茵茵的生命轨迹。

仅仅过了3个月，爸爸和妈妈就得到茵茵病了的消息。他们匆匆赶了2000多公里路，在南昌一家医院里见到了茵茵，只见茵茵烧得

烫人，全身都软塌塌的，处于昏迷状态。医生说茵茵患的是小儿麻痹症，治得太晚了，入院时脖子以下都已经麻痹了。如果再迟来一会儿就不能治了。

茵茵的命保住了，两条腿却瘫痪了。

爸爸妈妈的后悔和痛苦，不是语言能描述的。他们把这一切都归结于让茵茵离开他们……

第一辆自行车：天津产的“麒麟”牌 时间：2岁~10岁，从幼儿园~小学四五年级

茵茵两岁时，爸爸买来了第一辆自行车。是天津产的，麒麟牌，大约是120元。在那时，自行车是奢侈品，凭票供应，非常紧张。那时袁茵的爸爸是作为内地支援贫困地区建设的技术人员从长沙调到柳州的，厂领导就把这辆宝贵的自行车给了他。而对于爸爸来说，这辆自行车太重要了，因为茵茵两岁了。

第二天，爸爸就用这辆崭新的自行车把茵茵送到了幼儿园。之后又送进小学。这世界上，也许没有第二个人对一辆自行车有如此深厚的感情。离得很远，女儿就能从车轮与地面的摩擦声音中听出是爸爸来了。有一次放学后雷雨交加，教室里只有茵茵自己，她有点害怕，就在这时，浑身是水的爸爸冲进了教室。见到爸爸，茵茵既高兴，又埋怨爸爸不该冒着大雨来，爸爸说：“我怕你一个人害怕。”茵茵是流着泪一路坐在自行车的前梁上回家的，雨水和泪水打湿了前襟。这期间，茵茵曾经写过一篇题为《父亲的自行车》的作文，这篇情真意切的作文得到老师好评，并且在班上诵读。

比起自然界的风风雨雨，如何克服来自社会的压力，才是爸爸更关注的。随着年龄的增大，茵茵懂事了，她越来越感觉到小朋友们和同学们异样的目光。对此，爸爸告诉她说："没有关系，别人看你的眼光是由你自己决定的。"

除了教给女儿人生的态度，爸爸还引导女儿选择人生的道路。在送女儿上学的路上，女儿坐在自行车的横梁上，就如同依偎在爸爸的怀里，父女俩一路上总有说不完的悄悄话，总有止不住的欢笑。爸爸不止一次地对女儿说："茵茵，咱们要正视自身的条件，你要想与别人一样生活是不可能的，但你的优势是聪明，好学，只要充分发挥这个特长，就能有好的人生。根据爸爸的看法，你一是学好外语，当翻译；二是学好语文和写作，写小说，当作家。这两条路是最适合你的。"

在父亲的教导下，茵茵学习很刻苦，学习成绩在班里总保持在前三名，虽然身体残疾，但她还当过少先队大队的干部，还是班上的宣传委员。小学三年级时，有一次，茵茵与班上另一个同学都考了98分，并列第一。正好第二天要开家长会，茵茵写黑板报时，想到爸爸看到她考了第一肯定会很高兴，就把自己的名字写在了前头，但同时她又觉得有点儿不妥当。爸爸来接她时，在自行车上她就向爸爸汇报了"思想斗争"，爸爸告诉她，荣誉面前要退，学习工作要努力，要勇争第一。听了爸爸的话，第二天一大早，茵茵趁同学们还都没有来，把另一个同学的名字换到了前面。不知怎的，这事儿还上了《柳州晚报》呢。

从上小学起，爸爸就买了张海迪的书给她看。还鼓励她，如果愿意向张海迪学习，就要从现在开始。爸爸还买了琼瑶的小说给她看。茵茵记住爸爸的话，语文和作文特别努力，从小学三四年级起，她写的诗歌和散文就发表在当地的报纸上。

第二辆自行车，广州产的“五羊”，小学四年级~高中一年级

从家到初中学校足足有15公里。爸爸用力蹬车，还要用45分钟才能赶到学校。茵茵的两只小手和爸爸的两只大手共同扶在车把上，茵茵的后背贴着爸爸的胸膛，父女俩一路说说笑笑，有时父亲还教女儿唱歌、唱京剧。在路人看来，这是多么幸福的一对父女！

他们哪里知道，茵茵是不得已而坐在爸爸自行车的横梁上的！

日复一日，月复一月，年复一年；酷暑严寒，风里雨里，披星戴月，爸爸当然是非常辛苦的。早上5点起床，6点载着女儿出门。把女儿送到学校再返回工厂，一天两次，要耗去将近3个小时！时间长了，这事就慢慢传开了。有一天，玻璃厂的厂长特意对茵茵的爸爸说：“袁工，你每天接送女儿太辛苦了，这样长期下去会把身体搞坏的。这样吧，早上你可以晚到半个小时，下班可以提前半小时，每天优惠你一个小时。”老袁很感动。他说，我能坚持到现在，从30多岁到60岁，与从领导到群众对我们的理解和帮助是分不开的。

由于爸爸还要返回去上班，所以茵茵总是提前到校。特别是冬天，校园和教室里还黑蒙蒙的。爸爸把教室的灯拉亮，问女儿怕不怕。女儿懂事地说：“有一点怕，我大声念课文，就不怕了。”后来，班里有几位男同学就轮流早到校，与茵茵做伴儿。

南方的夏天，风雨来得突然，去得也突然。有一次放学，父女俩行到半路，突然刮起了大风，夹着急雨。一阵阵的大风刮得自行车根本不能行走，爸爸赶紧下来，紧紧地扶住自行车，但却扶不住，眼看车子就要被大风刮倒。爸爸只好把女儿抱下车，把车放倒，人也躺在地上，父女俩紧紧地抱在一起，半小时后风才小了。父女俩爬起来，身上全是泥水。回到家，妈妈大吃一惊，还以为他们摔到水坑里了。

第三辆自行车，上海产的“凤凰”，高二～大学

1998年，爸爸用第三辆自行车把茵茵送进了考场。这辆自行车是上海产的名牌：凤凰牌的，150元，也许是爸爸为了寄托让女儿变成金凤凰的愿望而特意买的吧。果然，茵茵正常发挥，最后被柳州市职业技术学院录取。于是，爸爸骑着凤凰牌自行车，每天把女儿送进大学的校门。

茵茵从两岁的女孩成为20岁的姑娘，思想也越来越成熟了，父女俩的交流也越来越深入，越来越广泛。自行车换了一辆又一辆，不变的是自行车上的人和位置。茵茵依然是坐在横梁上，双手还是与父亲的双手一起扶住车把。在父亲的眼里，茵茵依然是那个小小的乖乖的女儿，只是女儿的身体越来越重了，而自己的体力越来越差了。特别是，大学的电脑教室都在教学楼的顶楼，不是六楼就是七楼。每到茵茵要上电脑课，爸爸都要把她抱到六楼或是七楼。大一时女儿是78斤。大二时女儿体重到了80多斤。抱到四楼，父亲已经气喘吁吁大汗淋漓了，只好让女儿在楼梯扶手上坐一下，父亲缓过气儿来，再抱起女儿上楼。老师们和同学们见了，都很感动，有的教师和同学主动提出替父亲背茵茵上楼，父亲说，不用，我习惯了，再说我这也是锻炼身体。送下女儿，为了赶时间，父亲都是跑着下楼。

有一次，茵茵一阵心血来潮，突然想计算一下从小学到大学，爸爸的自行车载着她跑了有多远的路了。这道算术题其实只是一道小学生就可以解决的算式，分阶段计算，然后累加就是了。小学是3公里，初中15公里，加上大学的路程，一周周、一月月、一年年累计下来，不算不知道，这一算，连袁茵自己也吓了一跳，居然是13万多公里！足够绕地球3圈的！

茵茵的眼泪在眼眶里打转。一股股热浪涌向心头。从小到大，自

行车上的一幕幕又浮现在眼前。她记起，55 岁的爸爸抱她时，她突然发现爸爸头上有一根白发，由这根白发，她又想到爸爸消瘦的脸庞和抱她上楼时越喘越粗的气息。“爸爸，爸爸，”她轻轻呼唤着，双手不知不觉握紧成拳头：“女儿一定不会让你失望的。”

茵茵并没有因为考上大学而满足，在读职业技术学院的同时，她还自学了广西大学的政经系，2001 年，茵茵同时拿到了两个大学毕业证书！

第四辆自行车，上海产的“永久”，大学毕业～现在

一个双腿瘫痪的姑娘能完成大学的学业，已经是很难很难了，更何况是同时拿到两个毕业证，这事在柳州引起了很大的轰动。尽管当时柳州企业中下岗职工比较多，工作很难找，但柳州市汽车配件三厂的厂长还是破格聘用了茵茵，并且把她安排在离洗手间最近的二楼，而且选择了一个很有责任心和爱心的女科长做茵茵的领导，并让茵茵学以致用，负责管理全厂计算机系统。爸爸用一辆崭新的永久牌自行车庆贺女儿参加工作，并且继续送茵茵上班。家离茵茵工作的厂子虽然只有 3 公里，但有 30 多度的漫长的陡坡，一个人骑上去都很困难，更何况载着女儿，每天每天，爸爸都吃力地推着茵茵上坡。这每天一次的父亲推女儿上坡的画面成为当地一道风景线，令许多人感慨不已。其实，此刻家里的生活条件比以前好多了。爸爸完全可以买一辆电动车。但是爸爸认为女儿还没有达到预定的奋斗目标，他要让女儿继续体验并保持艰苦奋斗的一贯作风。

2005 年夏，柳州暴雨成灾，突发大水，昔日的街道成了河道。爸爸用自行车送茵茵，被大水围困，根本行走不动，无奈只好打电

话叫茵茵的二哥，二哥骑摩托车来接应，结果排气筒进水，熄了火，也行动不了，偏偏单位有急事，手机一个劲儿地响，叫他赶紧回单位，只好再向茵茵的大哥求助。大哥开着车来，总算把茵茵的二哥送走了。此刻水稍小了一点，父亲用自行车载起女儿，继续向陡坡冲击，但大水从坡上冲下来，形成很大的阻力，根本推不动；有人给他们父女指了一条路，父亲推着自行车，从另一条路绕到厂后门，总算把茵茵送到了办公室。安顿好女儿，父亲顾不得休息，又立刻返回半路，因为茵茵二哥的摩托车还泡在水里……

那天，父亲感到了累，感到了人在大自然面前的渺小。

未来：第五辆车
——茵茵要用第一笔稿费，给爸爸买“老头乐”

其实，茵茵已经很努力了。参加工作之后，她像在大学里一样，非常珍惜每一分钟，向着自己的目标前进。白天，在完成本职工作之余，她抓紧读书，写小说。这是厂长特许的，全厂就只她一个人有此“特权”。回家，饭后简单地洗一下，她就进入第二战场：晚上 8 点到 10 点，是“茵茵爱心热线”时间，她耐心地回答来自各界人士各式各样的问题，为他们排忧解难，从小学生中学生一个问题的想不通，到成年人钻进“牛角尖”的困惑，甚至，她还耗费了一整夜的时间，经过苦口婆心的劝说，使一个已经下决心轻生的女士放下了手中的药瓶……

正常情况下，10 点之后是茵茵进行文学创作的黄金时间，虽然她的行程只限于爸爸自行车到达的地段，但网络、电视、报纸、书刊向她展示了五彩缤纷的世界。“茵茵爱心热线”只是她与世界交流的一部分，每周，她至少要为《柳州晚报》写一篇专栏文章；在网上与同学对话是她与世界交流的另一种方式。与世界交流的第三种方式就是写她心爱的小说。她把自己的梦想和希望，把自己对人生的理解和追求幻化成一个个人物，组成一个个小小的世界和一系列动人的故事，夜深人静，星星在窗外眨着眼睛，月光映进来，她的纤纤十指似乎是透明的。键盘快乐地响着，小说就像小溪的水一样流淌、流淌……有时候，她一个通宵能写1万多字呢。

日积月累，现在茵茵案头上已经有了厚厚的十几部长篇小说打印稿。当然，每一部小说的第一个读者都是茵茵的爸爸。通过网络，茵茵给自己的作品找"婆家"，现在已经有《嫁给有钱人》和《爱你要商量》两部长篇小说与新疆少年儿童出版社签订了出版合同，出书在即。茵茵说，等得了第一笔稿费，她要给爸爸买一辆"老头乐"三轮摩托，让爸爸载着妈妈到处玩儿。

当然，在茵茵成长的20多年中，付出爱心的不仅是爸爸，妈妈也默默地奉献了很多很多。作为妈妈，照顾女儿的生活起居当然更周到。妈妈说，为了茵茵，她和丈夫都累得胃出血，遵照医嘱，十几年来，他们都只能以稀饭为主食。妈妈表示，一定要把身体锻炼好，多帮女儿几年。女儿大了，妈妈最关心的还是女儿的婚姻。她说，这些年来，我们全家人都关心茵茵，也都太爱茵茵了，因此我们总觉得也应该找个关心她和爱她的人，最好是像我们一样爱茵茵。

茵茵也不回避这个敏感话题，她痛痛快快地亮出了自己的标准：一要很爱我的爸爸妈妈；二要像爸爸一样很善良；三要能够站在我的立场去考虑问题；四是她对这个他要有感觉。

不知道茵茵的"白马王子"什么时候出现。笔者相信，"他"一定会非常幸福。

感悟与思考

对孩子尤其是有缺憾的孩子不要轻易说放弃。无论是缺点还是优点，如同我们现在再也不能改变我们的过去一样，是既成事实的东西，无论如何是不能否认的。我们所能做的只有反省过去，从中吸取经验教训，以便重新沿着正确的方向努力。小袁茵无疑是不幸的，更不可否认小袁茵又是幸运的，她的双腿瘫痪以后，她的家人并没有把她放弃，相反是给予了她更多的关爱和帮助，使得她有机会又能够重新“站”到人生的起跑线上。从小到大，父母从来没有轻言放弃，20多年用自行车载着她一路前行。正是父母一如既往的坚持给了小袁茵前进的动力，促使了小袁茵的成功。每个孩子的成长都不会是一帆风顺的，中间一定会有许多的困难、反复，甚至许多孩子像袁茵一样从小就留有缺憾，这个时候需要的是父母的支持和鼓励，父母才是儿女最坚强的后盾，甚至许多时候孩子的成功就是父母坚持的结果。

要善于让孩子感受到父母的关爱。爱是父母的教育语言，她虽然是无声的，但一定要让孩子真真切切地感受得到。“爱要说，爱要做！”爱是亲情之间的交流，爱能够抚平孩子心灵的创伤，爱有时也是孩子前进的动力。现实中我们不难看出，许多成功的人士并不是从小就树立了多么远大的理想，包括袁茵，她作出的巨大努力有时候也是出于“女儿一定不会让你失望的”的心理。

“量”不足时更要重“质”——也许你确实不能像袁茵的爸爸那样有足够的时间与孩子相处，但是你依然有机会与孩子建立亲密的关系。比如在早出晚归没机会与孩子交谈时用小纸条给孩子留言，出差在外时给孩子写信、打电话，把陪孩子一起做某件他感兴趣的事作为一个重要事项安排进自己的时间表，在孩子有问题时给他以关怀和指导……总之，要让孩子感觉到你对他的重视和关心，感觉到你永远是他坚强的后盾，这样，你一样可以成为孩子心目中最重要、最值得信赖的人。

金豆银豆

莫名的怪病击倒了天真烂漫的两个孩子，却击不倒坚强的母亲。她横下一条心，领着自己的孪生儿子与病魔抗争，难以想象的艰难，难以想象的付出。令我们欣慰的是，奇迹的画卷正在母子三人面前一点点展开。

这是一个挑战生命极限的真实故事。当你看完这个故事，相比于故事的主人公，也许会改变某些想法，比如，本来觉得自己不够幸福或很不幸运，会觉得自己原来是很幸福、很幸运的；再比如，原来觉得自己已经很努力了，会觉得努力得还远远不够。

天塌了！
她不敢相信这是真的

故事发生在古城西安。

每天上午9点多，在西安城南二环路的人行道上，都会出现这样一幕：两个个头相仿、长相一样的青年，踮着脚，撅着屁股，挺着肚子，身形不稳地走在路上。看到他们趔趔趄趄的鸭步，有人惊奇，有人觉得可笑，而当地人，更多的则是敬佩。

这两个艰难行走的青年，名叫金豆、银豆，是孪生兄弟。每天，在这个时间，在这条路上，他们要走5公里。尽管每一步都极为吃力，他们却面带微笑。他们已经走了整整7年！

这是艰难的7年。这是向生命极限挑战的7年。这是感天动地的7年。

1993年5月，是正值而立之年的薛芙蓉女士人生的一道分水岭。她先是结束了为期8年的婚姻；20天后，她的双胞胎儿子金豆、银豆又被确诊患上不治之症。

那是小哥俩入学不久，体育课上，练习接力跑时，兄弟俩“不约而同”地多次摔倒，引起同学们的轰笑。老师震怒，认为他们是故意捣乱。而小哥俩则非常委屈，说他们不是故意的。他们诚恳的态度令老师困惑，于是打电话叫薛芙蓉领他们到医院去检查。

此时的薛芙蓉还没有从离婚的阴影中走出来。领着孩子去医院的路上，她有些恍惚。凭直觉，她相信孩子不是故意的。孩子非常喜欢上学，也一直很听话。那么，这究竟是怎么回事呢？她忽然想起，平时带孩子到公园去玩，孩子有时也会莫名其妙地摔倒，而且摔得非常沉重，有一次金豆摔了个嘴啃地，把鼻子和嘴唇都摔破了。当时她也曾责问金豆为什么这么不小心，可话还没说完，银豆又重重地摔倒了。

难道，小哥俩真有什么毛病？

医生为金豆银豆进行了详细的检查。结论是：进行性营养不良。

她从来没听说过这个名字。医生摇摇头，找出一本厚厚的书，翻开，找出一段文字，让她看。看完，薛芙蓉才弄明白这七个字的恐怖含义。她不敢相信自己的眼睛，不敢相信医生的诊断。

“进行性营养不良”是一种比癌症还要可怕的病。其发病率为30万分之一，而双胞胎同时发病的概率只有一亿分之一，它会伤及内脏、波及肢体。先使全身肌肉萎缩无力，再控制五脏六腑，最后呼吸衰竭而亡。得这种病的人，通常是四五岁发病，12岁瘫痪，18岁死亡。病因是基因变异，为不治之症。

医生告诉她，通常，孩子活不过18岁。至今，全世界几乎无人能打破这个规律！

得到这样的“宣判”，薛芙蓉的心情可想而知。

她是25岁生的孩子。怀孕3个月时就已经知道肚子里是双胞胎。她很高兴。因为同时毕业的300多名女同学，生双胞胎的就她一个。1987年7月11日晚上8点45分孩子出生了，她非常欣喜。她的母亲也很兴奋。母亲煮了两百多个红鸡蛋，见人就分，不管是邻居、医生、护士还是病友，每人分三四个。想不要都不行。

抚养双胞胎当然是双倍的辛苦，特别是在哺乳时，薛芙蓉要坐个小凳靠在床边，尽量让乳房与床铺保持同水平，让小哥俩从腋下探出头来。到孩子十个月时，可以站在她身前，同时哺乳，两人经常为了“占怀”，相互推推搡搡。下班回家，孩子会摇摇晃晃地扑上来，口里还喊着“妈妈”，扑进她怀里。这时，她感受到的是双倍的幸福。薛芙蓉喜欢文艺，在学校曾是文艺骨干，她很想让金豆、银豆长大后成为受人欢迎的歌手。在小哥俩入幼儿园时，她让金豆学习舞蹈，安排银豆学习绘画。

而今，孩子刚刚上学，却被告知患上这样罕见的不治之症！

她感觉天塌下来了。从医院出来，她不知道该去哪里，随手拦住一辆出租车，司机问去哪儿，她说随便开，车在城里绕圈圈，直到计价器显示到40多元钱她才下车，病历也丢在了车上。其后不长时间，听说城北有一个14岁的孩子也是“进行性营养不良”，她去看时，那孩子蜷缩在一个放婴儿的竹车里。看到这一切，她极其沮丧，想：也许“了结”生命是最好的解脱。有一个多月，她不停地在设想种种不太痛苦的“了结”办法。她甚至想到带着金豆、银豆一起从高楼坠下，可是转念又想，坠地前金豆、银豆会不会喊妈妈？如果他们那时后悔，是不是太残忍？

那些日子，她老觉得胸口闷，难受极了就在家里放声唱歌，唱《青藏高原》，用高亢的歌声来排解郁闷情绪。她常常整夜整夜地失眠，于是她揣盒烟站在黑漆漆的院子里，一根接一根地吸，直到双腿站得发麻。

抗争！
不向命运低头

当她下定决心面对现实，与命运抗争时，孩子的病情已经不容许她再犹豫。

金豆银豆的病变比她预计得还要快。没过多久，兄弟俩连走路都成了困难。他们的肌肉开始萎缩，走路时，脚后跟不能落地，屁股撅着，胸部挺着，眼睛只能看着前面而无法低头，否则会一头栽倒在地。

薛芙蓉独自带着两个孩子先后去过石家庄、北京、成都、郑州、攀枝花等地求医问诊，累计行程近两万公里，花费10万余元。金豆银豆已无力走路，无论走到哪里，薛芙蓉都是把一个放在路边，先背另一个走一段，然后再把背上的这个放下，转身去背另一个。最困难的是上楼梯，一二楼薛芙蓉还能支持住，再高时她就难以支持，腿直发软。她叫孩子搂紧她的脖子，而她则以手代脚，一阶一阶地向上爬。下楼就更难，一不小心连同她背上的孩子一齐滚下楼去。薛芙蓉看着两个孩子满身满脸的伤，自责地流下眼泪。懂事的金豆安慰妈妈说："妈，不要哭，这有什么，滚下来可比走下来快多了。"

有一次，芙蓉带着两个儿子到成都去看病，发现了一个比儿子大几岁的进行性营养不良症患者正在下楼，孩子四肢着地，手脚并用，屁股冲下，一级一级艰难地倒着下楼梯。更让她触目惊心的是，孩子的十个手指头全都向上翘着，显然是骨骼变形所致，而且瘦得成了骨头架子般的人形，全部的肌肉都塌陷了，惨不忍睹。当孩子进入视线后，薛芙蓉把金豆银豆紧紧搂在怀里，不让他们看到。她一边侧过脸去流泪，一边暗下决心，一定要给孩子看好病，一定不能让孩子丧失行走功能，一定要让孩子保持端碗、吃饭、夹菜这些生活中常用的动作。

回到家里，看到沙发上孩子变了形的脚，她心中突然闪过一个念头：你不是抽吗？我就给你硬掰回来，看你抽得快还是我掰得快！于是，她把孩子捆在沙发上，搬起孩子的脚用力掰。孩子疼得哇哇大叫，她却不放手，坚持掰了一只又一只，直到孩子和她都浑身是汗。喘息稍定，她对孩子说：从今天起，妈妈每天给你们掰脚，你们自己掰手，按摩。不但要把变形的手脚掰回来，还要通过手脚的反射，延缓内脏的病变。

孩子们含着泪，懂事地点点头。

从今天起，
妈和你们一起走

1999年，金豆银豆12岁，12岁是医生判定的很可能全身瘫痪的年纪，薛芙蓉却把孩子生日这天变成了兄弟俩迈开脚步开始行走的起点。她对他们说：从今天起，妈和你们一齐走，用走路庆祝12岁生日。那是艰难的起点，由于长期不活动，孩子们站都站不稳，而“狠心”的妈妈却把他们牵出了门。她搀扶着两个儿子，艰难地迈出了第一步。孩子毕竟还小，觉得太苦、太累，更怕人家讥笑，一度产生了逆反心理，拒绝锻炼。薛芙蓉又苦口婆心地做儿子的思想工作。孩子慢慢地适应了，走的路也一天比一天多，从一开始的几十步，走到几百米、一公里，妈妈一开始是搀扶，常常是顾了这个顾不了那个，后来孩子能自己行走了，她就拿了根长长的竹竿，哪个走得慢或者偷懒不走就用竹竿打。再后来，妈妈就只需要跟在后面了。现在哥俩每天走5公里，而且不再需要妈妈的监督。他们明白，他们是为自己锻炼，为妈妈锻炼，为明天锻炼。

按摩、行走、生活自理，金豆银豆以汗水和泪水迈过了12岁这道坎。

母子仨的路不但艰难、漫长，还曾经上过当。那是一个江湖游医，自称能治好孩子的病。薛芙蓉爱子心切，病急乱求医，就把他请来。那游医方法怪异：要给孩子抹上一种药酒，然后把孩子放到一个特制的铁架子上，下面燃上一大盆木炭，把孩子像烤肉串一样翻来覆去地烤。那酒里掺的不知是什么毒药，一抹上身就针扎似地疼，皮肉溃烂。再在火上一烤，那简直比最毒的刑罚还难熬。孩子难熬，妈妈更是心痛，可是为治好病，又不得不狠下心。为了减少孩子的苦痛，薛芙蓉就在旁边给孩子唱儿歌听。

由于买不到现成的木炭，得每天一大早买回一车桑木，先把桑木烧成木炭，再用来烤孩子。楼上的邻居们有意见了，说，你们家怎么天天生炉子，弄得这么呛啊？薛芙蓉无法一一向邻居解释，就在门口挂了一个小纸牌，上面写着一首打油诗：

“天皇皇，地皇皇
我家有俩病儿郎
楼上的君子多担待
烟熏火燎不会长”

后来，在孩子们的坚决反对下，薛芙蓉也觉得请来的游医是个骗子，这种特殊的治疗才不了了之。

现在，薛芙蓉与两个儿子每天的工作就是两个字：锻炼。天气好行走，如果天气不适宜，就在家举哑铃、拉绳子、练身体动作，掰手掰脚，按摩。针对孩子的病情，薛芙蓉还自创了一套“薛氏按摩法”。家里还有“自行车锻炼器”等设备。金豆或银豆要上机器锻炼，薛芙蓉过去抱起了他，经过几次抬起、挪动，金豆才坐在了座位上开始骑“自行车”。休息时就学文化知识，小哥俩还写日记、写诗呢。

母爱创造了奇迹

母子三人的坚强和执著感动了许多人。二十四集电视连续剧《用我的生命去爱你》(140页图左1左2为金豆、银豆扮演者)就是根据他们的真实故事写成的，播出后感动了无数的人。西安交通大学的学生也向他们伸出了援助之手。他们与金豆银豆结成互帮对子，定期给他们上课，邀请他们到大学听课，参加活动。目前，金豆银豆早已经过了医生所宣判的18岁年龄，创造了医学界的奇迹。他们不但还活着，而且没有瘫倒，尽管很艰难，可是他们还站着，还能行走，每天还在努力地锻炼。薛芙蓉有一个坚强的信念：每天看着孩子走出家门，她心里就很踏实。她盼望医疗界早一天突破对于这种病的治疗。她相信她和儿子能等到那一大。

在行将结束本文的时候，笔者想与读者分享三个温馨的镜头。

之一　1999年薛芙蓉生日这一天，为了让金豆银豆高兴，也为了让薛芙蓉轻松一下，薛芙蓉的父母在家里举办了一个小小的生日会。在生日会上，金豆银豆没有像往常那样有说有笑，而是坐在那里有一丝愁闷。睡觉前，兄弟俩向妈妈提出了一个要求，希望妈妈能让他们兄弟俩在她身边睡一晚。薛芙蓉为两个孩子的稚气感到好笑，还是很高兴地答应了下来。她安顿好兄弟俩，就拉灭了灯，躺在两个孩子中间。这时，两个孩子齐齐向她靠近。金豆说："妈，你知道我们今天为什么没有那么多话吗？"薛芙蓉回答说："妈正想问你们呢！"老二银豆争着说："那是因为我们想亲你一下表示祝贺，可是我们又没有力气走到你身边。"薛芙蓉笑着说："傻孩子，那你们为什么不同妈说呢，妈让你们亲不就行了。"说着，薛芙蓉支起身，把脸放到金豆的嘴边。"不，妈你不要动，让我们自己来。我们想靠自己的力量亲你一下。"金豆说。薛芙蓉笑了，她觉得兄弟俩太孩子气了，不就是亲一下吗，何必那么认真呢。但孩子是很少向她提出要求的，所以，薛芙蓉虽然觉得此举过于好笑，还是平躺在床上等着两个孩子亲她。金豆先来。他伸手摸着妈妈的脸，喘着粗气，用了好大的力气才抬起自己的头，并把头放在妈妈的脸上。事实上，他也只能是把嘴放在妈妈的脸上而已，他已经没有力气亲妈妈了。银豆也是如此，那一刻，听着小兄弟俩喘着粗气的声音，薛芙蓉忽然就笑不出来了。黑暗中，她的泪再也忍不住了，终于落了下来。她相信，自己真是这世上最幸福的母亲。

之二　时间有时过得很慢，有时却又过得很快，不知不觉中，薛芙蓉又迎来了自己的生日。这天，小哥俩在外面行走时，银豆突然问金豆：哥哥，你有没有钱？金豆问他要钱干什么，银豆不说，而是硬把哥哥兜里的钱给拿走了。然后，银豆就与哥哥分手了。金豆回家后，银豆迟迟不回家，一家人正着急呢，银豆气喘吁吁地回家了，他走到妈妈跟前，突然从身后拿出一束康乃馨。原来，他绕了很远的路，去花店为妈妈买来花，祝贺妈妈生日快乐。薛芙蓉感动得热泪盈眶，嘴上却批评银豆乱花钱。但她心里更担心的是，怕银豆因为走太多的路而摔倒。

之三　2005年7月11日是金豆银豆18岁生日。这天，西安交大的同学们把他们一家三口邀请过去，在一片碧绿的草地上，同学们突然展示出一个大大的生日蛋糕。他们为金豆银豆点上了18根生日蜡烛，还为金豆银豆举行了成人仪式。

在大学生们的带领下，金豆银豆举起右手，一字一句郑重宣誓。

这不是一个简单的仪式。这是一个宣言：在与生命的抗争之中，金豆银豆在妈妈的带领下，取得了阶段性的胜利。这是爱的胜利，是不屈服于命运的胜利。

我们衷心祝愿，金豆银豆在挑战生命极限的斗争中，走得更远、更远。祝愿他们母子平安、幸福。

感悟与思考

法国著名的文学巨匠罗曼·罗兰曾经说过这样一句话："世界上只有一种英雄主义，那就是了解生命而且热爱生命的人。"故事中的母子三人相互扶持、共同努力，挑战生命极限，他们都是英雄。

当得知自己的两个双胞胎儿子金豆、银豆都患上了"进行性营养不良"这种罕见的疾病时，母亲薛芙蓉带着孩子去各地求医问诊，在效果不好的情况下，每天训练孩子按摩，行走锻炼，生活自理，7年如一日。同时我们也看到了两个孩子的懂事，他们也在不断的努力，母子三人的坚强、执著，共同谱写了一曲感人的生命之歌。

羔羊跪乳，乌鸦反哺。感恩不但是美德，更是一个人之所以为人的基本条件。从案例中，我们看到了对孩子开展感恩教育的价值。

珍惜生命，捍卫生命的尊严，激发生命的潜能，提升生命的品质，实现生命的价值。

春曼、心曼的心愿

一对姐妹，非常敬爱自己的母亲。为了感恩和回报母亲，她们的愿望是下辈子做母亲的儿媳，好好伺奉母亲。原来，这对不幸的姐妹俩得的是同样的不治之症。病魔正一点点地侵蚀着她们已经非常虚弱的身体。处于生命倒计时中的她们，每一天都是那么珍贵。然而，思维的火焰却在熊熊燃烧，化作一篇篇感恩的文章……

我们常说：一寸光阴一寸金，寸金难买寸光阴。可是，我们也常常仅限于说说而已，光阴、时光，对于我们好像都是虚幻的东西，并不那么实在，浪费了也就浪费了，此刻过去了，还有很多的下一刻，今天过去了，明天还会来！这也难怪，我们是这样的健康，生活是这样的美好，生命还长久得很，时光还有的是。

可是，对于有些人来说，每一天、每一小时、甚至每一分钟都是那么的宝贵。今天过去了，明天就不一定还会来。此刻闭上眼睛，下一刻也许就不能睁开。

比如，春曼和心曼姐妹俩。

祸不单行。妈妈说：天塌了，我自己为孩子们撑起来

时间追溯到30多年前。

东北，美丽的小兴安岭下，黑龙江省铁力市桃山镇某林场中，有一个普通的林场工人之家，夫妻两个有三个孩子，两个大一点儿的是女儿，老三是儿子，三个孩子都漂亮、聪明、伶俐可爱。一家人虽然不够富裕，但也生活得其乐融融。

然而，1978年，当春曼四岁、心曼两岁、小弟弟刚满一岁时，这个家庭却一下子从欢乐的天堂掉进了黑暗的地狱！

相比于同龄的孩子，姐妹俩身体显得比较弱，经常生病，而且，本来走得挺好的，越大，却越不会走了，经常跌倒。特别是姐姐，表现更差。林区医院建议父母带她们到大医院去查查。经过一系列复杂的检查，医生说，姐妹俩得的是一种罕见的病：进行性肌肉萎缩症，症状是随着年龄的增长而加重，肌肉萎缩、骨头弯曲、内脏器官也萎缩，最终导致呼吸衰竭而死亡。其发病率是十万分之几，姐

妹俩同时发病的几率更低。医生无奈地说：目前还没有治疗方法，孩子只能活到十岁左右。

正应了中国那句老话，福无双至，祸不单行。就在春曼、心曼被确诊为进行性肌肉萎缩之后十几天，她们的父亲在一次高空作业中不慎坠地，当即身亡。

妈妈王兴芝的绝望可想而知。对于一个年仅28岁的女性来说，丈夫的意外去世就已经如同塌了天，还要面对三个孩子，而且，两个稍大一点儿的孩子被查出绝症，而小的才一岁，一个人拉扯着这样的三个孩子，在一般人眼中，是根本不可能的。

可是，中国女性的坚强，母爱的力量令她从绝望中振作起来。不论怎么说，她也要把三个孩子养大。孩子既然投奔了这个家，她就要接纳他们，把母爱和应有的父爱一并给予孩子。

有好心人劝她带着孩子再找个男人。毕竟，有个帮衬，日子可以过得轻松一点儿。何况她还不到30岁，年轻而且漂亮。然而思考再三，她还是没有松口。若是孩子好好的另当别论。两个女儿都身患绝症，哪个男人能长期面对？再苦再累，她也要只身承担。她要把塌了的天撑起来。

为了照顾两个女儿，妈妈不得不从工作岗位上退了下来。这样，本来就不宽裕的家庭生活就更拮据了。为了给女儿看病，妈妈一次次向亲戚借钱，向单位借钱。最困难的时候，他们曾举家食粥达三个多月，那是纯高馇的粥，而且买不起任何的菜，每天只有咸菜。

不管咋样，妈妈一定救你的命

回忆过去，对于春曼和心曼，对于她们的妈妈，都是非常残酷的。笔者也是含着泪水，记下这几个片段。

在现在，许多家庭都有汽车，农村不少人家也都有各种农机具，自行车已经根本算不上什么了。然而对他们家来说，拥有一辆自行车却是遥远的梦。有一阵，姐妹俩的病情相对稳定。而她们的弟弟，由于学校离家比较远，急需一辆自行车。为此，全家人省吃节用。买一辆自行车，让弟弟骑着上学，这对于全家来说，是一个非常美丽的梦想，也是一个不小的奋斗目标。一天一天，离这个目标越来越近了。终于，一辆自行车的钱攒够了。全家人都非常欣喜。然而就在这时，春曼突然犯了病，高烧达40度，而且不退。妈妈用车子推着她去医院。那是一个寒冷的初春。北方的积雪刚刚化掉，妈妈的脚踩在冰水上，沉重的脚步声击打在春曼的心上，她觉得自己对不起弟弟，也对不起妈妈和妹妹。在病房里，春曼高烧不退，四天不睁眼睛，妈妈用棉花条一点点给春曼擦眼屎。有的人劝她说：你不要给孩子再用氧气了，孩子已经这样了。可她说：我心疼，她是我的亲骨肉，我受不了。转过身，她对昏迷中的女儿说：我一定要抢救你，我要救你的命，妈妈一定救你的命，不管咋样，妈妈一定救你的命！

在妈妈的坚持下，春曼又一次与死神擦肩而过。

过后，春曼在日记中这样记录自己的心情：

我面对墙壁躺在病床上，只听医生用低沉的声音告诉母亲说：已经晚了，无法救治了。接着就是母亲泣不成声的哭泣，我想，我就要死了吗？我就要这样离开我亲爱的亲人吗？不，不要！我要活着，我要和亲人们在一起！……

这样的危重病情，不断在春曼身上出现，而且集中在每年的春天和秋天。一年，又一年，一次，又一次，如果不是妈妈坚持，她早走了不知多少次了。相比之下，身体稍好一些的妹妹日子也不好过。

这年春天，姐姐又住进了医院。心曼自己孤单单地呆在家里，她感到特别害怕，她想妈妈，盼望妈妈能回来陪她，她又怕妈妈回来，如果妈妈回来了，那很可能就是姐姐已经不在了。

如果说生病是与死神搏斗，那么日常生活，则是与生命抗争。每

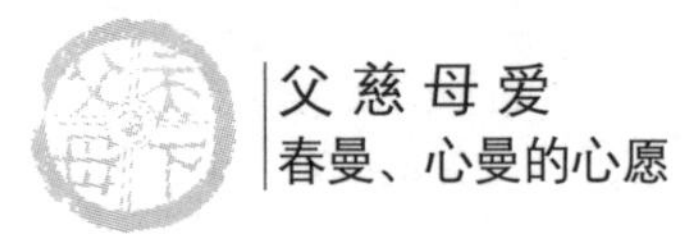

天早上，妈妈给两个女儿穿衣服是“第一战役”（春曼语），她们的肌肉和骨骼都萎缩变形了，稍一用力就会很疼。妈妈的动作很轻很慢。这一战役要花去一个小时的时间。紧接着是第二战役，伺候两个女儿刷牙、洗脸，和做早饭。当把两个女儿抱上轮椅，把书和笔递到她们手中，两个女儿开始学习的时候，按说，王兴芝应当休息一会儿了，但是不能，家中还有成堆的事等着她来做。即使晚上全家人都睡了觉，王兴芝也不敢睡得太沉，每隔一会儿，她得起床给两个女儿翻身。这就是两个女儿不犯病时王兴芝的正常生活，一天一天，一月一月，三十多年来，她就是这样走过来的。其实这样说不太准确，如果真是这样走过来的就轻松多了。有一次，是2007年正月初四，心曼要上厕所。姐妹俩去厕所都得妈妈抱着、照料着才能完成。天下着雪，院里积雪挺厚。回来的时候，妈妈不小心绊了一下，摔倒了，为了保护女儿，妈妈把自己的胳膊垫到了门槛上，胳膊划破了，流血了。母女俩在雪地里挣扎了大半个小时，妈妈才把心曼拖进屋里。这时的妈妈已经没有力气把女儿弄上炕。她拿来一个小凳子，先把心曼抱到小板凳上，再挪一张椅子过来，把心曼弄到椅子上，最后从椅子上抱到炕上。从妈妈与妹妹摔倒在雪地里，床上的春曼就听到了，可是她自己还动不了，只能焦急地喊了两声，就闭了嘴。她明白，自己的喊声只能让妈妈更焦虑。她只能默默地让眼泪打湿了衣襟。而在这个过程中，心曼则咬着牙硬是没让眼泪流下来。她知道，如果自己哭，妈妈也会哭的。

而此刻，妈妈正在生自己的气。自己怎么这么不小心，把女儿摔了呢！女儿多懂事呀，摔在雪地里，先问妈妈摔坏了没有，还连说自己不疼，也不冷。可往板凳上弄女儿时，她分明感觉到女儿的小手冰冷冰冷的。稍稍喘息了一下，她又赶紧给女儿做饭去了。在厨房，她可以让自己的眼泪尽情地流，守着孩子不行，自己一哭，女儿们也会哭，而她们哭，就容易犯病。

床上，姐妹俩的手拉在一起，姐姐的手是温的，妹妹的手是凉的。她们的眼神对视了一下，就互相都明白了对方。是呀，所有的困难，一切的苦难，也许下一分钟生命就会结束，梦想来不及实现，母爱来不及回报。更可怕的是，也许悲剧在下一分钟就会发生，妈妈可能照顾不动我们了，我们该怎么办？

母爱为女儿插上飞翔的翅膀

活着毕竟不是目的。为了让女儿活得有滋有味，妈妈还教她们识字，学文化。本来，心曼还是曾经有机会上学的。她的身体比姐姐稍微好一点儿。弟弟上学的时候，妈妈对她说：心曼，妈妈送你去上学吧。你姥爷跟我说，你应该去读书。心曼内心闪过一道耀眼的阳光，她快乐极了，她是多么盼望上学呀。可是这时，她本能地朝姐姐望去，姐姐正向墙角转身，眼角上有一星晶莹的泪水划出弧线。心曼的心格登一下，她与姐姐相依为命，特别亲密，自己去了学校，姐姐一个人会更寂寞，况且姐姐得不到的东西，再好，自己也不该要。她立刻决定不去上学，她咬咬牙，横下心对妈妈说：妈，我不上学，我不想去。

妈妈看了女儿一眼，没再说什么。其实妈妈什么都明白了。

第二天，妈妈上街买了两块花手绢，两个田字格本子，两支铅笔，给姐妹俩每人一份。只读了两年书的她，要教两个女儿识字。她从汉语拼音教起，到天地人手口一个个字教，遇到不会的，妈妈就先向邻居的小朋友求教，回家再教女儿。

穷人的孩子早当家，那是因为懂事儿。春曼和心曼珍惜学习的机会，是因为这机会来得太不容易。妈妈照顾她们俩已经非常辛苦了，还要教她们认字，这就不仅仅是感动了。她们学起来真是如饥似渴。广播、收音机、录音机、字典，一切可以利用的她们都利用起来，学业可以用“突飞猛进”来形容。很快，她们就可以给妈妈当老师了。她们写的文章妈妈看不懂，但听着却比蜜水还甜。

写文章记下妈妈对自己的爱，表达自己对妈妈的感恩之情，这是春曼和心曼唯一能做到的对妈妈的回报，也是她们学习的动力。“妈妈是在用青春换取女儿的生命”这样感人的句子，并不是一般人能写出来的，而如果出自其他人的手笔，也许就太矫情了。《今生的妈妈来生请你做婆婆吧》则是她们另一篇文章的标题。这样的题目也只有她们写得出来。她们写到，妈妈太辛苦了，这辈子无以为报，那就下辈子请妈妈做婆婆，好好回报妈妈！

历尽千难，
踏上写作之路

写作，对于文学青年来说，是一件幸福而痛苦的事。幸福是因为沉浸其中，痛苦是难以突破，发表无门。而对于春曼和心曼来说，幸福和痛苦至少是双倍的。所以，当春曼的第一首散文诗变成铅字时，全家人的喜悦可想而知。

让我们分享这件题为《春恋秋》的美文：

春，无声无息的来，随春而来的是欢笑，是蓝蓝的天空，是绿色的梦。秋是春的爱侣，如牛郎和织女，爱虽不能相守，但是却用绵绵的思念，拉起一个长长的夏季，传递彼此内心深深的情意……

可是，对于春曼和心曼来说，要想通过写作来实现自立、甚至养活母亲，显然不是一件容易的事。虽说偶尔也有稿子发表，但退稿还是占了多数。1994年，心曼把一篇用了一年时间写成的四万字的中篇小说满怀信心地寄给了杂志社，然而一个星期之后，她却收到了退稿通知。这使她的内心遭受了极大的打击。这篇稿子她是下了一个赌注的，她想通过写作赚取一点稿费，分担一下妈妈的辛苦。

可是，如果连写作都做不了的话，自己还能做什么呢？那就只有放弃。放弃生命，放弃生活。收到退稿信，心曼悄悄地给妈妈和姐姐写了一封信，说是信，其实是遗书。万幸的是，这信被舅舅发现了。舅舅看了，十分心酸，专程跑来安慰心曼，妈妈更是一天到晚不敢离开女儿半步，亲人的爱终于打消了她轻生的念头。

深爱着春曼和心曼的不光是妈妈、舅舅和弟弟，还有许多好心人，好几家杂志社的编辑在编发姐妹俩文章的同时，也写来许多热情的信，鼓励她们坚强地面对人生，春曼心曼的第一本集子《生命从明天开始—— 一对轮椅女孩生命倒计时的人生历程》的书名，就是几位好心的编辑反复斟酌而来的。而福州的康强先生，与春曼心曼的关系更不一般。康先生也是一位残疾人，七岁那年，时逢战乱，他被飞机扔下的炸弹炸断了双腿。后来安装了假肢。但他一生自强不息，退休后还在《同人》杂志社做义工。康先生从编辑们的交谈中得知了春曼心曼的事迹后，深受感染，便偷偷地以各种方式资助她们，一次偶然的机会，他与她们通了电话，从此资助就公开了。康先生与小姐妹俩经常通信，通电话，过节，他给她们寄去礼品、小吃，过年还给她们寄去压岁钱呢。在心底，在信上，姐妹俩不止一次地把康先生称为父亲，中秋节，康先生给姐妹俩寄来福州的月饼，春节，姐妹俩给“父亲”寄去亲手织成的围巾。这样的爱已经延续了十多年。康先生还发动同事和朋友向姐妹俩献爱心，一对老夫妇给姐妹俩寄来一对玉坠和1000元钱，附信说：

“远在北国的心曼春曼姐妹，我们是年届八旬的老两口，是你福州爸爸的老同事，你们身残志坚，家穷志不穷，激励着你们更好的奋勇前进，你们的妈妈历经千辛万苦，把你们拉扯大，真不愧是让人崇敬的勤劳善良平凡而伟大的好妈妈。为此我们向你们一家致以崇高的敬意。现寄上礼品两件供你们姐妹留念，另附人民币1000元，以供孝敬好妈妈之用，请一并笑纳。”

收到这份珍贵而特殊的礼物，春曼心曼全家人都激动得不知说

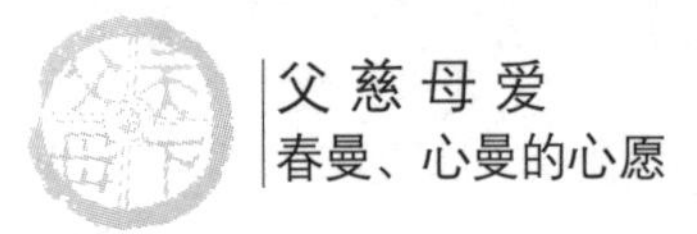

什么好。

眼见得写作不能减轻妈妈的负担，姐妹俩儿经商议，于2007年春节在街头开了个小小的书报摊。她们的心愿是，哪怕一天只能挣两三块钱，也能替妈妈分担一点儿。心曼身体稍好一点，就成了小小的经理。一本书还是拿得动的。但是不能上厕所，这就不能喝水，不能吃流食。但一天不喝水又会渴，于是妈妈就把稀饭用笊篱空干了水，再放到饭盒里，抱在怀里送到书亭让她趁温吃。有一天风急雨骤，风雨中还夹杂着沙砾，心曼在书报亭里等到12点多了，还不见妈妈来，觉得不太对劲，恰好弟弟放学经过，她就让弟弟去看看妈妈怎么了，弟弟回家的路上，正好看到舅舅送妈妈去医院，妈妈满头都是血，医生给她缝针的时候，她见到小儿子，着急地说：快把饭给你二姐送去，一会儿凉了，吃了对胃不好。原来，妈妈为了抄近路，在钻过一处废弃的铁丝网时，不小心划破了头。

或许是苦难太多，反而让姐妹俩看开了？或许是众多的好心人扫除了她们心头的阴霾？尽管她们的健康状况一年不如一年，尽管姐姐的今天就是妹妹的明天，尽管她们的生命是实实在在的在倒计时，但春曼和心曼心中充满了阳光，这从她们灿烂的笑容中，从她们从容的文字中，从她们美丽的梦想中都能看得到。她们眼里的世界和我们的一样，太阳每天都是新的。生命每一刻都有意义。轮椅上的她们有三个梦想：出书，做主持人，看大海。第一个梦想已经实现了。第二个梦想，多家电视台请她们做了节目，也可以说是实现了，我们祝愿她们第三个梦想也能如愿以偿。

她们还有一个不能称为梦想的愿望：希望将来能够赚很多的钱，雇一个保姆照顾她们姐妹两个，让妈妈可以走出去，像别人一样去逛逛街，去过她想过的生活，甚至可以再重新拥有本属于她的青春，开始自己的晚年生活。对此，妈妈回应说：我愿意永远和孩子在一起，我和孩子在一起就是幸福。

感悟与思考

有这样一句名言："今天就是生命——是唯一你能确知的生命。"对于母女三人来说，每一天，每一刻都极其珍贵，她们都含笑面对。

两个女儿患上了先天性的疾病——进行性肌肉萎缩症，更为雪上加霜的是，自己的丈夫因事故身亡，所有这些重担都压在了母亲的肩上。母亲是奉献的，她为了孩子不再改嫁，休病假，借钱，甚至最紧张的时候全家吃大馇粥；母亲又是坚强的，日常护理两个行为不能自理的孩子的艰辛我们不难想象，而为了积极抢救孩子的性命，决不放弃的精神更令人感动；母亲还是智慧的，她培养孩子读书、发表文章。天下有情，他们的感人事迹被公众所知以后，好心编辑、社会热心人、福州爸爸的关爱等又让我们看到了人间的温暖。

"人之所以活在这个世界上，是因为今天和明天不一样，是因为人们在期待着，明天比今天更精彩，而不是简单的重复。"有你我相陪，我们都不孤单，我们会坚定信念，微笑着活下去，期待着明天美丽的绽放。

我们一直在对人的生命进行思索、奋斗，生命是可贵的而又因人而异。对于孩子来讲，要引导他们走向一条主流的、自主性的生命价值观。

太极父女闯江湖

挚爱是最好的老师，是最大的力量。凭着对太极拳挚爱的不懈追求，他身怀绝技。而最终当女儿为他圆梦之后，流下幸福泪水的，不应当只是这对父女太极高手。

“太极”一词源出《周易·系词》:“易有太极，是生两仪。”

太极拳是综合吸收了明代名家拳法，特别是吸取了戚继光的三十二势长拳，并结合了古代导引、吐纳气功之术和中医经络学说，以及古代朴素辩证唯物主义的阴阳五行学说，以道教、太极八卦等理论为太极拳的哲学基础，使太极拳蕴含着丰富的中国传统文化和传统哲学思想。太极拳始终处于对立统一的矛盾运动之中，刚柔、虚实、动静、快慢、开合、曲伸等既对立统一，又可相互转化。

在无数太极拳爱好者、痴迷者中，马国相是极有特色的一个。

他曾五赴陈家沟拜师学艺，为此不惜变卖家产，并把刚生下女儿的妻子寄放在岳母家。有人说他是“太极偏执狂”，有人说他全家都是“疯子”，但他依然乐此不疲。

医药世家熏出
太极痴迷者

1959年，马国相出生在寒冷的黑龙江。家中经营着一所中医诊所，父亲是个老中医，生性豪爽，交往了许多医学同行以及习武的人。受家庭环境的熏陶，马国相自幼对博大精深的传统文化有着浓厚的兴趣。

马国相经常翻读父亲书架上旧得已经发黄的线装书，其中就有一本关于太极的，名字他还认不全，但是看到书中插图人物摆出的各种招式，他的心猛地一跳：这种动作好像在哪见过？

突然，昨天在学校里看到的一幕跳进脑海：一位身穿白褂的老爷子独自一人伫立在空旷的操场上，刺眼的白与周遭昏暗的颜色形成鲜明的对比。他是在跳舞吗？缓慢的动作使人看到了不禁要停下前行的脚步，急躁的心情突然平静下来，静得似没有涟漪的湖面。静极了，那位老爷子“跳”得美极了！

后来才知道那老爷子打的是“太极拳”！

也许，这就是“心有灵犀”？马国相天天到操场去等待老爷子，他就这样被太极硬生生地“诱惑”到另一个世界。

武术与中医都积淀着中国几千年的传统文化，12岁的马国相深陷其中，他无法抑制住自己的好奇心，他天天捧着书，自己比划，偷偷地看别人练拳。有天，他一脸严肃地跟父亲说：“爸，我要练太极拳！”

老中医当然不会反对儿子的选择。于是，马国相便跟随父亲的一位习武的朋友开始练习武术。

深夜练太极
使他娶到佳妻

17岁那年，马国相离开家乡，应征入伍。身强力壮的马国相被分配在侦察连。侦察兵的特殊使命要求战士要有过硬的功夫、机智的头脑，所以训练的强度非常大，这使马国相得到了更好的锻炼。

部队的武术练习多以捕俘格斗、南拳等为主，生硬而肤浅，缺乏文化底蕴，远不及太极拳有魅力。退伍后的马国相无心工作，终日在家练太极拳。为了不惊扰邻居，他都是选择夜间练拳。

半夜三更，四野静寂，月朗星稀，正是练拳的好时候，马国相在空旷的大院里练到物我两忘的境界，全然不知道今夕是何夕。

他更不知道，他落地的双脚，踏出咚咚的声响，会传出很远，他击打沙袋的噗噗声，更如诡异的声响，令一个年轻的姑娘睡不着。

姑娘是另一个村的，来住姐姐家，半夜被通通的声响惊醒，起身看究竟，却见邻居的后院有一个白色的影子，先是吃了一惊，以为闹鬼呢，后来见这“鬼”一招一式一丝不苟，噢，是在练武呢。

“嗙嗙”，只两拳，挂在木柱上的沙袋就被打出了个大窟窿，袋中的铁沙子刷刷地散落一地。满脸汗水的练武人转身摆好架势，开始运气。

只见他劲起于脚跟，变换在腿，含蓄在胸，活泼于腰，灵机于顶，神通于背，流行于气，蹬之于脚，运之于手，达之于指，敛之于髓，上与两膀相系，下与两腿相随，静中有动，动中具静，犹如水一般流畅。月光照在他棱角分明的脸上，他态若自然，悠闲自如！

沉浸于太极拳中的马国相，没想到正有一双炙热的眼神在注视着他！

姑娘对姐姐说了夜里的奇闻。姐姐说：咳，是个退伍军人，天天晚上练，一直练到天大亮。

姑娘更好奇了。这是个什么样的人物？居然天天晚上练拳？她就找了个机会，终于与小伙子打了个照面，嗬，挺好的一个人，不像有毛病。

马国相见邻居家来了一位貌美如花的姑娘，怦然心动。那位姑娘的一颦一笑深深印在他的脑海中。他突然极想再看看这个姑娘，于是谎称借土篮，敲开了邻居家的门，开门的恰好是那位姑娘，马国相高兴得满脸通红，找机会与姑娘闲聊。

那姑娘抬头一看，心想：这人真逗，他家院子里不是有好几个土篮吗？

两个人都互相倾慕，很快就无话不谈了。

这天，马国相给姑娘表演了一段太极拳中的迷踪拳，姑娘看得如醉如痴，心花怒放。她想，这人对拳术尚且如此痴迷，将来对妻子对儿女肯定错不了。当小伙子向她求婚时，就欣然应诺了。就这样，太极拳帮助马国相娶了一个貌美如花的姑娘！

令姑娘没想到的是，新婚之夜，她的夫君照样半夜起身，到后院练拳，让她自己睡在新床上，好不心酸！

卖掉房子，撇下妻女，五下陈家沟

1984年，一个风和日丽的大晴天，妻子马上就要生了，马国相激动得不知道该做些什么好，急出了一头汗。为了平复一下烦躁，他突然离开产房门口，大步来到医院空旷的院子里，摆开架式，打起了太极拳。一招一式打下去，马国相急躁的情绪渐渐散去，病人们和家属看到竟然有人在大太阳底下打太极拳，也纷纷围观，人越聚越多。恰好马国相也打完了拳，收势时，观众们爆发出热烈的掌声。

马国相的女儿马畅，就在这样一片掌声中出生了。

马国相特别疼爱他的女儿。女儿长得特别像她的妈妈，非常得漂亮。水灵灵的大眼睛，皮肤又白又嫩，而女儿的眉宇间有着酷似自己的风韵。

马国相痴迷于太极，家中大大小小的琐事都压在妻子的身上。妻子虽然很不情愿，但默默地忍受着这一切。

没想到的是，可爱的女儿没有拴住马国相的心，相反，他的心却越来越野。

太极拳发源于河南陈家沟。这是马国相做梦都想去的地方。但是，妻子刚刚生产，女儿还这么小，他怎么可能离她们而去？再说，家中没有钱，他也去不了。而梦想，又是那样的强烈，不去陈家沟，他枉为太极人呀！无数个彻夜难眠的日子、数不清的叹息、满脸的愁容，妻子看在眼里，疼在心里。丈夫的执著让她感动，她主动提出，把家里的房子卖掉，带着女儿回到娘家，让马国相去陈家沟学太极。

看到妻子为家操劳日渐憔悴，白皙的皮肤被晒得黝黑。看到妻子为了自己，如此的用心良苦，他感动得把自己闷在枕头底下哭了起来。作为一个男人，非但没为妻女做一件有用的事，反而要卖掉房子。他痛苦，自责！

但追根求源学得太极真经的愿望又使他不得不痛下决心。他忍泪与妻子告别。目送妻子抱着女儿离去的身影，他发誓一定要学好太极，建立自己的一家武馆，重新给妻子一个完整的家！

这一去就是两年。

此后，马国相又接连去了好几次陈家沟。由于没有钱，有一次，当马国相从陈家沟回来时，肩上扛着一个大袋子，里面全是煮熟的红薯，而且已经发霉了。看到丈夫为学太极拳吃这么大的苦，妻子非常心疼。她唯一能做的就是把女儿带好，不要让丈夫在练太极之余还为家事烦心。

5岁的女儿跳上台，一招一式有模有样地表演了一遍太极拳

从陈家沟回来，马国相开始收学员，教太极拳。

两岁的女儿马畅很喜欢跟在马国相的后头，屁颠儿屁颠儿地，像个小跟屁虫。马国相很注意女儿的一举一动。因为女儿在几个月大的时候，看到他打太极，在妈妈怀抱里的她就自己跟着比划。马国相总是高兴地捏捏她的小鼻子，幸福地说："小家伙，你也会打太极啊？"

然而5岁时，马畅却送给了爸爸一件非同一般的礼物。

1989年，马国相组织学员进行太极比赛。当所有的选手都表演完后，5岁的小马畅竟然自己跑上台去，打起了太极……

黑龙江的冬天特别的冷，凛冽的北风无情地刮向露天的比武台，女儿的小脸被冻得通红通红，厚重的棉衣使得她的动作无法舒展开，但女儿表演得有模有样，该振脚时就振脚，该发力时就发力，马国相的心情无法用言语来表达，自己对太极痴迷了半生，没想到自己的女儿会步他的后尘，更没想到女儿会有如此天赋。

当时场下所有的人全都目瞪口呆。因为他们无法相信一个5岁的

孩子竟然能没出一点差错、完全连贯地打出一套陈氏太极来。

马国相激动地抱起女儿，女儿瞪着两只大眼睛问："爸爸，你看我打的拳好吗？"

马国相使劲亲着女儿冰冷的小脸："好，好，畅畅打得真好！"

自此，马畅练太极拳一发不可收。

练太极是很苦的，每天都要完成一个动作，而同时练太极和武术更苦。马畅12岁时正式开始练武术，当时家里租了一套二层的小楼，楼上是武术班，楼下就是马国相一家三口的家。练武术最重要的就是要讲究身体的素质，必须得先练劈腿。当时马畅已经12岁了，相对而言，年龄有些大。为了让女儿练好劈腿，马国相就把自己140斤的体重全部压在女儿身上，"劈……半毫米缝隙也不行！"女儿疼得哇哇直哭，看到女儿痛苦的表情，马国相比谁都心疼，这条路是女儿自己选的，她必须自己走下去。

女儿在楼上哭，做妈的心疼得在楼下哭。她不能上去，丈夫决定的事情，没有人可以改变。

即使再苦，马畅也没有说过一声放弃。马国相看到女儿像极了年轻时的自己，自豪之感难以言喻。

没读高中的女儿直接考上了北京体育大学

1999年，已经15岁的马畅面临中考，马畅学习很好，老师对她寄予了厚望，认为马畅很有希望考上省重点中学，进而考上大学。要知道，农村的中学，几年也不一定能培养出一个大学生呀。然而一心痴迷太极拳的女儿却依然不上晚自习，而是回家练太极拳，练武术！

"一家疯子，你看她爸不务正业，连孩子都不能好好学习！"学校教师这么说，邻居们也这样说，风言风语传进了马国相的耳中，但

是他根本不在意，自己的女儿他了解。太极怎么就叫不务正业呢？太极文化博大精深，是中国传统文化的象征之一。连美国人、日本人都争相向中国人学太极。马国相不与常人一般见识。他依然我行我素。

经过多次考察，马国相父女俩决定报考北京体育大学。到了北体大，才发现报考项目里没有太极拳这一项。聪明的马畅通过几天的观察，发现与自己一组的4个考生刀练得都不行。尽管这不是她的强项，她还是在报考申请单上填了刀的项目。

果然，就因为刀是冷门儿，马畅以高分被北体大录取了。

当北京体育大学的录取通知书到达时，全村和临村的人轰动了。不上高中也能考上北京的重点大学，这在全县，也是奇迹。

民间拳师
与竞技运动员的首次碰撞

2004年是全国武术太极拳锦标赛，当时北体大根本没有打算派代表队去参加。而马国相却敏锐地感觉到，这是民间太极拳与"官方"武术进行交锋的最佳时机。他劝女儿努力争取参赛。经过反复争取，学校同意马畅代表北京体育大学参加太极拳比赛，并且特邀马国相为领队兼教练。

于是，父女俩组队，奔向赛场厦门大学。

厦门城内，一幅幅大大的海报格外醒目。马国相和女儿看到海报上那个笑开怀的女生，好像在哪见过？猛然想起，看到过一篇关于她的报道。她就是被厦门大学寄予厚望的东道主选手，而且，她父亲是这次比赛的赞助商。她就是冲着冠军来的。

抽签开始了，马畅抽到的偏偏是1号！

1号是所有选手都不愿意抽到的。第一个出场，心情当然最紧张，裁判也最没有参照，无论你发挥多么好，当后面有人与你表现相差不多时，裁判手一软，你的名次就掉下去了。

为了让女儿彻底放松，大赛的前一天，马国相没叫女儿训练，而是带女儿到鼓浪屿和金门，痛痛快快地玩了一天，女儿被迷人的景色所吸引，完全忘却了比赛的事情。

比赛开始了，马畅第一个上场。只见她劲起脚跟，手轻轻抬起，开始运气，眼神中读不出有任何杂念，她的嘴唇自然合并，脚上如履春风，柔柔生气。突然，她忽然用劲，振脚，仿佛万马奔腾般急转而下。此时，评委们的眼神随着马畅的转动而转动，为马畅的提气运作而呼吸紧促。他们被带进了眼前这个阳光女孩的太极世界。这女孩是谁？她跟谁学的？她的动作怎么这么到位、规范？她获得过什么名次？之前为什么没听说过？他们一个个瞠目结舌，直到马畅收势，抱拳鞠躬。

通常，在比赛完一到两分钟内成绩就会通过广播公布出来。马畅独自站在赛场中间，久久地、久久地等待着，裁判们互相轻轻交谈着，还有的起身打电话。

突然一串声音呼起："65.60.65.68……"

听到分数后，马国相的心情无法言语，怎么会得这么低的分？难道民间太极和专业的太极就差那么远吗？抑制住沮丧，马畅认真给评委鞠了一个躬，转身跑下台。

"哎，你跑什么，那不是你的分！"此时，马畅回过神来。看到有个评委伸手冲她招呼着。原来刚刚公布的是另一个赛场选手的分数。

马畅又在台上等了足足十分钟，成绩还是没有打出来，评委们的为难表露无遗。终于，评委会让马畅下场休息了。坐在爸爸的旁边，父女俩心情都极其复杂。

马畅的分数终于打出来了。分数相当高，但并不能保证是冠军。

其他的选手一个个上场了。得分比马畅低。更低。这个差得少一些。海报上那个东道主选手上场了，马国相见那个女生姿势打得非常柔美，但是运气之间缺少震撼力，气息运用不畅，和女儿比起来，还有些差距，他的心放下了一半。只要评委能够公平打分，应该没问题。

果然，她的得分甚至不能进前三。

就这样，等待一直持续到最后一个选手的分数打出来，马畅第一个出场，得分最高，获得这个项目的冠军！

马国相舒心地笑了，他多年的梦终于实现了，民间拳师与“官方”竞技选手的首次完美碰撞！是女儿代替他实现了他的梦。

让太极之光
遍及全国南北

“太极者，天地之大道也。”马国相的太极武馆已经开到了广州东莞，他要把陈氏太极发扬光大。

美国方面曾经邀请马国相去做太极教练，但是由于种种原因没有去成。马国相说即使能去他最多也就呆几个月。太极是中国的传统文化，连老外都那么在乎，中国人就更要传承发扬好。

记者问马畅会不会一直把太极打下去，马畅说：“太极不仅仅是武术的一种，它还可以让我比别人更有内涵！”

感悟与思考

父母要善于用发掘金矿的眼光来发现孩子的优势潜能。美国著名心理学家加德纳教授提出的“多元智能理论”认为，在人的智能框架中相对独立地存在着8种智能：语言、数理逻辑、音乐、视觉空间、身体运动、自省、人际交流、自然观察。人与人之间也许根本不存在智力水平上的差别，只有不同智力优势、组合与发展速度上的差异,每个人都有相应的成功领域。如果目前的学校教育还不能真正做到因材施教，父母却可以用自己的慧眼发现孩子身上的闪光点。如果我们能乐观地看待孩子，相信在孩子身上一定潜藏着智慧的种子。用发掘金矿的眼光来观察孩子，就一定能发现孩子的优势所在，并可以有意识地为他创设一些条件，帮助孩子创造展示自己梦想的机会，最大限度地帮助孩子挖掘自己的优势潜能，助孩子走上成功之路。从马畅的成长历程或许我们能够有所体会，每一个孩子都是一个独特的生命，世界上没有两个完全相同的孩子，也就不可能有一种方法适合所有孩子的教育。但是，只要你用心与智慧去导航，就一定能找到适合自己孩子的方向,同时也让自己成为合格的父母。

让我们用自己温暖的大手牵着孩子的小手，一起往前走；当你手中的小手变得与你一般有力时，记得放开他的手，因为，你已经出色地完成自己的使命了。

“副科”不副——我们往往片面地只重视孩子语言和数理逻辑能力的发展，却忽视了孩子在其他方面发展的潜能与可能性，比如我们更在乎孩子在语文、数学、英语这些“主科”的成绩，而对那些被认为是“副科”的体育、音乐、美术学习则不太重视，殊不知，孩子的潜能也许恰恰就在那些“副科”学习中表现出来呢！

火凤凰

她是一位女消防战士。本来有安逸的工作，可为了心中的理想，她坚决放弃了。“火凤凰”牵挂着父母的心。“火凤凰”得到了白马王子的爱。把自己想做的事与奉献社会统一起来，这样的人注定会幸福一生。

惊心刺耳的警笛、急驰而过的消防车、浓烟滚滚、火焰炽烈、云梯、水枪。身穿消防服的官兵冲进浓烟中……大火被扑灭了。消防官兵们拖着疲惫的脚步，摘下安全帽。蓦地，一头黑亮的长发从安全帽中滑出，一张亮丽的脸绽放着青春的笑容！

这不是美国好来坞大片中的传奇镜头。这是中国消防队伍中真实的一幕。

杨丹（171页图中），活跃在哈尔滨市火场第一线的唯一一名女消防警官，用青春、勇气和坚毅谱写着自己别样的青春，被战友们亲切地称为火凤凰。

瞒着母亲下到基层

杨丹15岁入伍，16岁入党，1995年考入解放军大连医学高等专科学校；1998年分配到某部队通讯站任排长；1999年9月调到哈尔滨市公安消防支队工作，在办公室做些文案工作。

她的人生之路一帆风顺。

但杨丹却很不安心。每当听到公安消防支队办公楼后特勤道里中队的出警铃声，她就抑制不住冲动。在她听来，铃声是那样的神圣。杨丹渴望自己能有一双翅膀，飞到只有一墙之隔的特勤道里中队的队员身旁，跟他们一起奔赴救火现场。

从小，她就不是一个安安分分的女生，她渴望拼搏，渴望辉煌，不甘于安逸和平庸。

这，首先是因为父母的影响。父亲（171页图左）是一名交通警察，母亲（171页图右）是一名交通稽查员，在制服和大盖帽家庭中长大的杨丹，儿时的梦想就是想做一名军人，干一番轰轰烈烈的事业。而此时，梦想就在墙那边，但她却安稳地坐在墙这边。

2000年的9月，趁机关整顿之机，杨丹向领导递交了要求去基层工作的申请书。支队领导很吃惊："一个女干部下基层工作会有很多意想不到的实际困难，特别是消防工作有自己的特殊性，带兵、训练、值夜班、上火场，你有思想准备吗？"

望着领导诧异的眼神，杨丹坚定地说："我没有那么娇气，男同志能做的我也能做，男同志能吃的苦我也能吃。我就是想证明一下女同志照样可以带兵上火场。"

当杨丹得知申请被批准时，她激动得彻夜未眠。激动之余，她首先想到的是这事必须瞒着母亲。如果母亲知道她主动放弃安逸的工作投身到危险的火场，母亲肯定接受不了。杨丹决定先把此事告诉父亲。作为老警察，父亲理解女儿的心，他表示，支持女儿的选择。

杨丹激动地扑到父亲怀里。父女俩商定，一起保守这个秘密。

杨丹到消防队的职务是副指导员。报到那天，杨丹对着队伍整齐的战友庄重地行了一个军礼。战友们则对她报以热烈的掌声。

但私下里，战友们还是有些嘀咕，一个女的来到火场一线，能行吗？个别人甚至怀疑，她来是不是为了作秀？为此，消防队队长私下里下了道命令："不许光膀子，不许说脏话，不许瞎嘀咕。"队里还为杨丹特地盖了一间女厕所。

看到战友们如此细心，杨丹很感动。

道里中队辖区地处哈尔滨市繁华地段，辖区面积9.8平方公里，人口约42万。这里大商场多，高层建筑多，火险隐患多，抢险救灾任务十分繁重。杨丹深感责任重大。来中队后，她虚心向老同志学习灭火知识和灭火技术，每天与战士们一起摸爬滚打，爬梯子、挂钩梯、越障板、练单双杠，男同志跑多快她也跑多快，男同志爬多高她就爬多高，男同志流多少汗水，她流得只会更多，……杨丹的泼辣和坚强，以及强壮的体魄，令战友们交口称赞。

第一次接到出警任务

2000年国庆节的凌晨一点，到特勤中队一个多月的杨丹接到了第一个出警任务。道里区一家橡胶厂车间发生严重火灾，杨丹与战友们一起，沿着绿色通道飞快地奔向消防车。

消防车拉着警笛，向火场飞奔。车内，全副武装的杨丹异常兴奋，这是她第一次亲临救火现场，她仔细地回忆着各类注意事项。

刺耳的刹车声唤回了杨丹的思绪，此时浓浓的火烟已经遮住了半边天。没有片刻的犹豫，杨丹跟随消防队员们一起冲进火场，拿起一支水枪就向前冲。水枪的压力很大，男消防队员双手握起都会颤抖，杨丹有些吃力，她屏住呼吸，把全身的力气都集中到双手上，让高压水柱准确地喷向火焰最凶狠的地方。烈火无情地灼烧着，滚烫的焰火烤得皮肤钻心地疼，由于没有配备氧气机，浓烟熏得杨丹的眼睛酸疼酸疼的直掉眼泪，但是杨丹始终没有后退一步。看到如此坚强的女指导员，战友们感动万分，他们说副指导员是“火凤凰”。

第一次参加火场战斗，能够得到战友们的赞赏与鼓励，杨丹感动得半天没有说话，泪水在眼眶中转悠，她的战友们是多么的可爱！

父母的爱，
给无尽的力量

毕竟是初次出警，有些紧张，操作不够熟练和规范，杨丹的右手被烧伤了，回到家后，母亲见杨丹总是拿衣服盖着右手，而且还要把饭菜端进卧室吃。母亲见杨丹神色紧张，就追问杨丹。

杨丹“抵赖”了一番，见无济于事，只好把自己已经下到基层去救火的事告诉了母亲。母亲顿时泪流满面，抚摸着女儿因为受伤而红肿、布满道道划痕的双手，母亲哭得上气不接下气。杨丹微笑着安慰母亲："妈，在基层真的很好，可以学到很多东西。而且战友们对我都很好，这点小伤算不上什么，一点都不疼，真的，妈妈，我现在工作得很开心。"

之后的很长一段时间里，母亲每次给杨丹打电话都试图劝说杨丹放弃消防队的工作，回到机关，因为机关一直为她留着岗位。但母亲也知道女儿一旦认准了的事，就不会回头。再加上丈夫站在女儿一边，父女俩串通一气，做她的工作，时间一长，做母亲的也只好承认现实，默默为女儿祈祷。

父亲送女儿到火场

消防队的工作很忙，就是没有火警，也要时刻待命，回家的时候很少。有一次，是冬天，杨丹好不容易回家来吃顿晚饭，父母格外开心，做了好几个女儿最爱吃的菜，刚要吃饭，杨丹的手机突然响了。有火警！她把饭碗一撂："爸，快送我去，来不及了！"

父亲急忙开着车把女儿送往出事现场。跳出车，杨丹跑向消防车换上消防衣就一头冲进火场。现场是一片燃烧着的俄式建筑。俄式建筑是木结构的，墙是两层木板，中间填满锯末，特别易燃，一旦着火，整栋楼体就会坍塌。杨丹指挥战友用最有效的灭火方式。她则首当其冲地钻进了处处燃烧着火焰的房子里救人。地板、墙壁、天花板都已经被烧得面目全非，随时都有可能坍塌。杨丹拿着高压水枪小心翼翼地往里走去，脚下咯吱咯吱地直响，她的视线注视着房间的每一个角落。突然，意外发生了。一块天花板掉落下来，眼看就要葬身火海，一位战友一把将她拖离了险境。

等杨丹和战友们把大火扑灭，时间已经过去了三个多小时。由于当时的气温在零下30度左右，等杨丹出来的时候，她身上的消防服已经完全变了样子。厚厚的一层冰结结实实地扣在衣服上，杨丹艰难地挪动着，她感觉到自己的双腿有千斤重，而且根本无法弯曲。

突然，她看到一个熟悉的身影——父亲！

原来父亲牵挂着她，一直没有走。看到父亲穿着单薄的衣服在寒风中战栗，杨丹的眼睛再一次湿润了。

而此时，父亲正焦急地寻找着女儿。由于战士们都穿着消防服，他一时认不出哪是女儿，直到女儿来到他面前，摘下安全帽，他还不敢相认，因为眼前这个人满脸都是黑灰，连五官都分不清。直到这人冲他一笑，露出那口白白的牙齿，叫他爸爸，他才心疼地紧紧地拉着女儿的手，久久地说不出话。

从此，老人再也没有随女儿去火场。他无法面对女儿走出火场时的样子，他买了只望远镜，与老伴一起远远地望着女儿，从烟的浓淡判断火势的大小，祈祷女儿平安。只要有火警，他们就特别关注当天的当地新闻，直到新闻播完，没有人员伤亡的消息，他们才放下一颗心。

绮丽的火场情缘

“火凤凰”杨丹生活紧张、忙碌，眼看到了二十六七岁，连个男朋友都还没有。这可急坏了母亲，见了女儿就问、就催。女儿呢，则根本不当回事，甚至半真半假地说：“唉，谁会要我这样的假小子啊！”

母亲叹一口气，无可奈何。

有一次杨丹出火警，火场周围照例有许多人关切地看。有一个名叫吴大勇（177页右图左2）的年轻人恰好在附近的一家饭店吃完饭出来，看到围观的群众很多，就也跟着看热闹。不一会儿，火被扑灭了，这个年轻人看到一位消防队员摘下消防帽时露出来的却是一条大辫子和一张俏丽的姑娘的脸，不禁惊呆了。居然有这样勇敢、这样豪爽的姑娘！小伙的心，一下子被打动了。他开着车，跟着消防车跑了一段路，记下消防车的号码。事后悄悄打听，这一下更不得了，姑娘的许多事迹令小伙子敬佩不已。如果能与这样的姑娘交朋友，将是自己一辈子的幸福。

这个年轻人就是一个公司的小老板。他迷恋上了杨丹，又不敢贸然接近她，就千方百计地寻找机会。每次有火警，他都驱车前往。杨丹在里面拼搏，他在外面等待。尽管杨丹还不认识他，他却觉得自己离不开杨丹了。他这辈子注定要与杨丹在一起！

有一次，杨丹在救火现场与战友们一起灭火，火势不是太大，但烟太浓烈，战友们被烟呛得很不舒服，急需纯净水，杨丹要去买水，可刚踏出火场，就见一个帅哥手提两大箱矿泉水，怀里还抱着一箱橙汁，冲着自己跑来，傻傻地，冲自己笑。杨丹很感动，她觉得眼前的这个男人真细心。

就这样，吴大勇只用几箱饮料就把杨丹的心俘虏了。

2007 年初，他们的儿子出生了，小家伙很可爱，大而有神的眼睛，特别精神。杨丹和吴大勇说，儿子长大后，就让他接妈妈的班，做消防员。

感悟与思考

谁说女子不如男。火灾现场勇猛突击，敏捷威武不让须眉。风华正茂的杨丹，以她女性的肩膀，挑起火灾抢险的重担，以炽热的激情，谱写着青春的赞歌。

杨丹思考着，坚持着，最终找到了适合自己的人生之路，找到了自己的幸福生活。可是，生活中，太多的人往往不像杨丹这样幸运。更多的人，只是以惯性的姿势走了一条既定的路，只是感觉到生活的压抑却并不关心自己的内心要求，或者，更多的人只是服从于流俗的追求、物质的诱惑，服从于别人的要求而放弃了自己的选择。当真实的自我被人为地淹没，热情便被窒息，工作便没有了动力，生命开始盲目，流俗便成了生活的目的。没有自我、没有热情与方向的生活，最终诠释的只能是没有生机的木偶与傻子。那么，高扬自我吧。努力做回真实的自我，努力接纳别人的自我，努力尊重孩子们成长中的自我。如果生命中自我可以放松地表达，那么，我们听到的必然是坦诚、深情、激昂、自信的真话，而不会是虚伪、压抑、失望、无聊的呻吟与假话；如果生命中自我可以自由地看，我们的眼睛所能接纳的必然只能是一个生机勃勃的美丽世界。

让生命更美是每个人的权利。做回自我吧，让我们以真实的自我书写自己宝贵生命的神话。

困顿的时候，或许我们应该向自己内心的志趣汲取力量；迷茫的时候，或许我们应该认真思考如何为真实的自己选择合适的位置。朋友，生活中，你发现真实的自我了吗？你坚持自我了吗？

金婚

这是一场特殊的婚礼。这是一个庄重的仪式。老父亲被查出绝症。孩子们对他隐瞒了实情，在帮助父亲积极治疗的同时，还以金婚庆典的形式，向父母表达他们的感恩之情。因为，这对山区贫困地区的夫妇，在极不富裕的年代，怀着一个坚定的信念，历尽艰辛供孩子上学，把孩子们一个个培养成才。是的，爱要说出来。感恩的话也要说出来。

《天下父母》演播室里的金婚庆典

演播室挂起了大红的幕布，地上撒满了五彩的汽球，《婚礼进行曲》庄严而欢快，礼花、彩带铺天盖地，一对七十多岁的老夫妻穿着红色的唐装，在儿孙们的簇拥下，喜气盈盈地走到台前……

这是山东卫视《天下父母》栏目组为这对老夫妻特意安排的金婚庆典，也是栏目组成立四年来第一次为一个家庭在现场安排录制这种庆典。

婚姻是人生最重要的事之一，家庭是社会的细胞。社会要和谐，家庭首先要和睦。一对夫妻携手走过50年，就叫金婚。50年，半个世纪，要经历多少风风雨雨，坎坎坷坷，悲欢离合？

河北遵化的这对老夫妻，说起结婚58年来最大的事，却是借钱。他们从结婚那年起就借钱，一直借到2000年，一共借了50年，每年借钱的次数不下100次。50年，就是至少5000次。从某种意义上说，他们的生活，就是一种借钱、还钱、再借钱、再还钱的循环。是的，他们生活在一个山沟里，生活比较贫困，可是，同村别的人家并没有隔三岔五地走东家出西家地借钱啊。那么，他们为什么过上了这种特殊的生活呢？是他们特别无能呢？还是他们家中有久治不愈的

病人？

都不是。他们的五女二男七个子女，身体都非常健康，他们夫妻两个也都勤劳能干。他们之所以持续不断地借钱度日，纯粹是为了让子女读书，孩子一个个长大，读完小学读中学，读完中学读大学，这个还没毕业，下一个又入学了；山村教学水平低，还要想方设法送孩子到城里去上学……为此，夫妻俩吃最差的饭菜，衣服补了又补。可是，只要孩子一回家，马上把热饭热菜摆上桌，孩子要交学费，从来不说家里没钱。

在他们的供养和教育下，七个儿女一个个读了大学、中专，成为国家有用的人才，都建立了自己幸福的小家庭。子女们知恩图报，想想父母的不容易，商量着给父母搞一个金婚庆典，求助于山东卫视《天下父母》栏目。栏目组欣然应允，于是有了本文开头热烈隆重的一幕。

上山打虎易，
开口借钱难

1949年，15岁的王淑敏嫁给了同村青年尹凤鹤。那年，尹凤鹤20岁。婚礼办得极为简单，一是山村很穷，折腾不起，二是两个人都是苦命人，一个从小没了爹，一个从小没有娘，家里也都很穷。但苦心人体贴苦心人，两个人恩恩爱爱，小日子过得倒也和睦。

唯一和他们过不去的，就是一个穷字。

居家过日子，尽管是山村，有时候也得花钱，而家里又没有钱，实在没有办法了，就得借。尹凤鹤爱面子，这借钱的事，就落到王淑敏头上。刚过门的新媳妇要向邻居和亲戚借钱，实在抹不开脸。可是这钱又非用不行。没办法，她狠狠心，迈出了第一步。

没想到，这一借就是50年。

想也能想到，用钱的地方真是不少。生孩子，孩子满月百岁，双方的父母生病，亲戚朋友家婚丧嫁娶——这个孩子还不会走呢，下一个孩子又出生了。那个年代，不但不计划生育，政府还鼓励多生呢。其实论说起生孩子多，村里各家各户都一样，也不是什么特别的理由。尹家与众不同的是，不管多穷，两口子拼了命也要供孩子上学。别人家的孩子如果不愿意上学，大多回家下地，多少能挣点工分，一能少花点儿钱，二能挣一点儿钱，这一进一出，加起来就多了。而尹家呢，却是可着劲儿地叫孩子读书，读完小学读中学，读完中学考大学，于是，就出现了一家有三四个孩子同时上学的状况：大的在大学、高中，半大的初中，小的在小学。在农村长大的人都知道，农村养一个孩子相对城里要省钱，但如果让孩子读书，则是家中最大的花费，更何况是几个孩子都读书！

也许，我们更不应该忽视的是，这期间，还经历了文化大革命的十年浩劫！当读书无用论在华夏大地上盛行、知识分子成为臭老九的年代里，老两口的志向依然不改，他们想尽一切办法让孩子读书。孩子回到家，最重要的任务是完成作业，而不是像其他家庭那样，孩子一回家就撵到地里去干活，农忙时甚至让孩子辍学下地。在别人的眼里，尹家夫妇很是另类。孩子嘛，愿意读就读点，认得自己的名字、能算个账、不是睁眼瞎就行了，特别是女孩儿，哪有像尹家这样，不论男孩女孩，可着劲儿地让他们读书，不让孩子干活。家里有钱还说得过去，整天靠借钱过日子，还要叫孩子读书，这不是傻了么？

那么，从1949年到1999年，这50年间，他们一共借了多少次钱呢？当事人、年已73岁的王淑敏老人回忆说，每年至少要借100次。那么，50年来，借钱总次数竟然达到5000多次！（当然，每次借钱数量都很有限，毕竟在山村中，家家都不富裕，多了也借不出来，有时如果用钱较多，比如，三十块五十块，就得跑好几家借才能凑足。这也无形中增加了借钱的次数。)

小儿子至今记得母亲为他借学费的情形。

那是他读初中时，中午回家吃饭时，他问母亲：要交学费，家里有钱吗？母亲说，有，你等等，我先去下厕所，再给你拿。小儿子灵机一动，悄悄跟着母亲出来，发现母亲径直出门，到了本家一位大爷家，不一会儿，母亲出来了，一边走还一边偷偷抹眼泪，接着又走进了另一户人家。小儿子明白母亲是为他借钱，心里很不是滋味，就没再跟着母亲，独自回了家，过了好大一会儿，母亲才回来，笑着把手里的钱给他。小儿子一看，比学费还多出几块钱呢。母亲有点不好意思地说：这几天我闹肚子，在厕所里耽搁得时间长了一点儿。

小儿子忍着泪，没有揭穿母亲善意的谎言。

打是亲，骂是爱，
不打不骂不夫妻

“金婚庆典”上，主持人向这对幸福的老夫妻提出了一个意外的问题：这58年来，他们打没打过仗？

王淑敏老人怔了一下，没有回答，而尹凤鹤老人却肯定地说：打过。

打过几次？

一次。

谁打谁呀？

尹凤鹤老人一指老伴：我打她。

在一阵善意的轰笑声中，王淑敏老人回忆起了当时的情景。那次是在生活困难的时候，家里断粮了，她先是借了钱，又外出买粮，没想到有钱也难买到粮食，一连转了三个村庄，才买

回一点粮食，这时，天已经黑了。丈夫尹凤鹤在家等急了，问她干什么去了，怎么回来这么晚？王淑敏又是借钱又是买粮的，累了一天，本来应当是男人干的活她干了，还没落好，也很生气，就戗了丈夫一句：我去干什么你还不知道么？

王淑敏可以说是里里外外一把好手，所以不论是借钱还是买东西，都是她出面。尹凤鹤说不过她，又丢不下男子汉大丈夫的架子，就耍横，居然打起了老伴。俗话说得好，再强的女人，打起架来也不是男人的对手，王淑敏吃了亏，很伤心：自己出了这么大的力，没受到表扬反而挨了打，很委屈，哭了起来。老伴一哭，尹凤鹤也没了辙，搓着双手不知如何是好。好在孩子很快就要回家了，王淑敏哭了两声，就去做饭去了。第二天早晨，照样早起给孩子做饭，孩子吃过饭走了，她照样扛起锄头下地挣工分。虽说干一天只挣十分八分的，每一分只值几分钱，但能挣一点是一点，总不能因为两口子赌气耽误了挣工分呀。所以当主持人问打了架怎么和好的，两位老人都有些茫然。想了想，王淑敏说：怎么解决？人家打也打完了，我哭也哭够了，该下地就下地呗！我们俩咋闹意见，从来没当孩子的面闹过一次，这群孩子得吃饭呢。

主持人又问：大爷，您打了大妈后后悔吗？

78岁的尹凤鹤一脸真诚地说：后悔。真后悔。

其实，两个人结婚过日子，每天要面对这么多的事，再说，两个人的脾气、秉性总有差异，有点打打闹闹是正常的，所以又有句俗话说“打是亲、骂是爱，不打不骂是祸害”。还有人干脆说“不打不骂不夫妻”。真是一语道破天机。还有句更实际的呢：夫妻没有隔夜的仇，床头打架床尾和好。最近网上有句话：夫妻间不怕闹意见，就怕没感情。可以说是这些老俗话的现代版吧。

两张照片一首诗，映出58年历史的沧桑

为庆祝父母金婚，七姐弟为父母亲准备了一首诗，请书法家写下来，裱好，带到了现场。展开横轴，只见那龙飞凤舞的字是“二老孤苦生　相伴风雨中　育得好儿女　白首笑春风”。知父母者，莫若儿女，这16个字，准确地概括了两位老人的一生，表达了儿女们对老人的感激和崇敬之情。

七个儿女，连同他们的子女，基本上都到了现场。老人有个外甥女远在美国读书，也特意发来视频，向姥姥姥爷表示祝贺。

孩子们还找到50年前的一张照片，这是王淑敏和尹凤鹤结婚5年后补照的结婚照。那年，王淑敏20岁，尹凤鹤25岁。照片上，两个人是那样的年轻，那样的意气风发。现场还展示了前一天刚刚照的一张婚纱照。这是栏目组送给两位老人的礼物。在北京的影楼里，两位老人穿上现代的婚纱照了像，又换上传统的唐装，儿女们幸福地簇拥在他们周围，其乐融融。

58年的风风雨雨，是雕刻在两位老人脸上的皱纹，58年的酸甜苦辣，都化作两位老人从容淡定的笑容。

少年夫妻老来伴儿

两位老人带到现场两只木头的道具。主持人拿起，问老人的外孙这是什么东西。小家伙猜了半天说：是鞋子吧？

孩子猜得差不多。这是老人用来补袜子的工具，俗名叫“袜板子”。现代人，穷与富，体现在袜子上，富人穿名牌，穷人买便宜的。就是再穷的，袜子破了也是一扔，没有人补补再穿，所以袜板子也属于“文物”了。这两只袜板子是两位老人俭朴生活的

见证，也是他们珠联璧合的见证。孩子多，穿袜子费，当然舍不得一扔了之，而是缝缝补补再穿，而且是，大孩子穿了，补补再给小的穿，再破了，补补再给更小的穿。整夜整夜地补袜子，很累，王淑敏就琢磨着弄个模具把袜子撑起来。她比比划划地把自己的想法一说，心灵手巧的尹凤鹤就做了出来。这一大一小两个袜板子一用就是几十年，现在当然是用不着了，但老人却舍不得扔掉，而是收藏在柜底。

在58年相濡以沫的厮守中，这样配合默契的例子数不胜数。

老了，他们的感情越发浓烈，他说离不开她，她也说离不开他。当然，有些话不用说，儿女们都看在眼里呢。

有一次老爷子得了个小病，到北京大姑娘那儿治疗，医生给了一种药，吃了之后不但病好了，连大便也变得非常顺畅，老爷子对闺女说：你看看这是什么药，记下来，回去买给你妈吃，她老便秘。

闺女回家对母亲说，母亲不信，说：你这是编来哄我的吧？你爸的心粗得像井筒，他哪里会想到我？闺女说：咳，我爸当着我的面说的，还会有假？

又有一次，小儿子开着车，拉着父母亲到北京姐姐家。北京大呀，小伙子进了北京，就像是刘姥姥进了大观园，三转两转迷了路，把方向弄反了。没办法，只好叫老母亲下车打辆出租车带路。老爷子一见老伴下了车，慌得拄着拐杖也往车下溜：等等我，我也坐你那辆车，咱俩一块儿，你别自己走散了找不着家了！小儿子见状，深受感动。

邻居们对这老夫妻俩也是赞誉有加。一位中年妇女对记者说：有一次下大雨，街心积了水，老头老太太要回家，老头穿的是皮鞋，老太太穿的是拖鞋，只见老太太对着老头说了些什么，尽管老头不是太愿意，老太太背起老头趟着积水过了街。记者求证有没有这事儿。老太太说，有，他的腿不是有毛病么，我怕他凉着。老爷子则至今还不领情，说，我不愿意，她就“死皮赖脸”地不让我下来。

前不久，老爷子身体不适，一查，肾上有些脓肿。北京肿瘤医院的大夫觉得老人年纪大了些，建议保守治疗。在医院住了一段时间，病情好转，大女儿把父亲送回河北遵化的老家。王淑敏欢天喜地地迎接十几天未见的老伴儿。可是睡到半夜，大女儿突然觉得不对，起身一看，母亲不在床上，她穿起衣服外出寻找，发现母亲竟然在大街上哭！母亲说：人家医生不给开刀，那病就还在你爸身上，尽管你们都很孝顺，可你爸若有个三长两短，我还是觉得没法过！

大女儿心酸酸的，只好强打起笑脸，宽慰母亲。

主持人建议老两口给大家表演节目。老爷子弹起凤凰琴，老太太来了一段《送情郎》：

……

送情郎送在大门以东
眼看着那边刮起了大风
刮大风不如下雨好
下大雨我和情郎哥再多呆几分钟

……

这质朴深情的歌声，恰好表达了老两口的深厚感情，博得了全场喝彩。

儿子们的最大愿望，就是老人们健康长寿，期待在不远的将来，再为父母庆祝钻石婚。这也是《天下父母》栏目全体工作人员的愿望。

感悟与思考

超越物质，走过贫穷，金色的将来正沉淀其中。“幸福的家庭都是一样的，不幸的家庭各有各的不幸”。两位平凡的父母经历了贫穷的不幸，最终赢得了今天的幸福生活。从不幸到幸福，两位老人硬是顶住了超负荷劳动的辛苦，长年借债的压力，以他们的智慧与执著战胜了物质的贫乏，让一个家庭超越了贫穷的不幸最终到达了幸福的今天。原来，幸福的家庭也可以诠释为这样的不同。流俗，没有蒙蔽他们理智的眼睛；贫穷，没有阻止他们走近幸福的脚步。

生活中，物质是如此的可贵与难得，它几乎耗尽了我们所有的心血与勇气。好像我们已经习惯了把钱、权、名、利加入爱情，混近亲情，衡量友情，已经不自觉地习惯了以实际的眼光来规划生活与人生。物质，好像已经变成了生活的航标，评判的尺度。与物质相关联的一切，让生活缺少了浪漫，没有了神话，消失了灵性。当这个世界正一步步变得干燥、坚硬，当这个世界的人们正在物质与精神的选择中迷茫、挣扎时，平凡的老人却以他们质朴无华的方式提醒我们：爱情可以容纳贫穷，生活可以在贫穷中坚强，人生可以超越物质与流俗而保持淡定与从容。

或许金婚的可贵，更在于它超越了“金”的流俗，还给生命以爱情、亲情，还给生命以更诗意的人性本色！

或许生活中，超越金钱与名利，我们更能体味爱的珍贵；放弃虚浮，我们更能把握生命的真谛；多一些为他人的付出，我们才能最先到达幸福的领域！

隐形的翅膀

一次意外，使三岁的雷庆瑶失去双臂。在父母的鼓励下，她刻苦锻炼、自强不息。不仅学会了用脚写字、穿衣、刷牙、穿针引线，还学会了用脚收发短信、上网、甚至游泳、骑自行车等等，2007年雷庆瑶的事迹被改编成电影《隐形的翅膀》，并由她自己出演。凭借在电影《隐形的翅膀》中的出色表演，雷庆瑶一举夺得2007年华表奖优秀儿童女演员奖，2008年百花奖优秀新人奖。虽然她没有双臂但她却乘着亲情的翅膀，自由地翱翔。在她成名的背后是父母数十年如一日默默无闻地付出。

我们常常羡慕鸟儿，它们自由地翱翔在蓝天。

鸟儿能飞，是因为它们有神奇的双翅。

我们也常常羡慕鱼儿，它们自由地在水中游来游去。鱼儿游泳的姿态极像是鸟儿飞翔。

鱼儿没有翅膀，但鳍就是它们的翅膀。

有一个姑娘，没有鸟儿的翅膀，也没有鱼儿的鳍，但她的身体能像鱼儿一样在碧水中游泳，她的理想能像鸟儿一样在天空中自由地飞翔。

她就是自幼失去双臂的雷庆瑶。

一次意外，
使三岁的她失去双臂

四川省乐山市。在夹江县美丽的青衣江畔，人们常会看到一个无臂少女骑着自行车行驶在通往训练场的路上。她身材高挑，面容姣好，虽然没有双臂，却把自行车骑得得心应手，当地人都习惯了，而外地人则久久地凝视着她远去的身影，感慨不已。

雷庆瑶出生于1989年，从小就胆子大、活泼好动。3岁那年，她与几个小伙伴在野外放风筝，突然，一只风筝被风刮落到一个方形的高台子上，台子的周围还有铁的围栏。几个男孩想爬进围栏取出风筝，先后失败了，而年龄最小的她却三下两下敏捷地爬进围栏、攀上高台，她在小朋友的欢呼声中把双手伸向风筝时，突然被一股强力推下高台，随即就什么也不知道了。

她爬上的，是一台变压器。

醒过来之后，三岁的雷庆瑶发现自己是在医院里，爸爸妈妈守在自己的身边。还有一些亲戚朋友。他们都用一种特别的目光看着自己。后来妈妈告诉她，她出事之后，从来没有掉过泪的爸爸哭了一夜，而且一夜之间耳鬓全白了。男儿有泪不轻弹。当女儿醒过来

之后，爸爸从来没在女儿面前流过泪。妈妈常常以泪洗面。但爸爸和妈妈当着女儿从来不悲伤，也没有说半句埋怨女儿的话。而且，当时医生已经给他们下了病危通知书，说雷庆瑶已经活不了多久了。因为已经没有治疗的希望，爸爸妈妈就把小庆瑶抱回了家，在家中精心照料女儿，女儿有什么愿望就尽量满足她。小庆瑶整天躺在床上。那时她的双手双臂还在，但是神经全部坏死了，没有知觉，也不能动，吃东西由爸爸妈妈喂，干什么也是由爸爸妈妈照顾。就这样，慢慢地一个月过去了，在父母的精心呵护下，小庆瑶的身体居然奇迹般地恢复了。但她的双手、双臂却慢慢地脱落了，一块一块地坏死、烂掉、脱落，直到肩头才止住。就这样，小庆瑶成了一条没有双臂的美人鱼。这个过程，对于父母来说是非常残酷的。眼看着女儿的双手双臂一节节地脱落，他们特别难受，心如刀绞。然而，令他们特别欣慰的是，小庆瑶居然没有喊一声疼、叫一声苦。既然女儿这样坚强，做父母的更不会在女儿面前流露出哪怕一点点的难过。一家人从容地面对了这个令人难以接受的蜕变过程。

苦难使勇敢者更加坚强，不幸使全家人的心贴得更紧。

站起来！
自己站起来

双臂、双手的重要不言而喻。但是对于我们这些正常的人来说，常常感觉不到拥有双臂的幸福，就像鸟儿感觉不到翅膀、鱼儿感觉不到鳍一样。因为本来就拥有，一切都习惯了，就仿佛是天经地义一般。一旦失去，才痛感它们的宝贵和必不可少。为了体会雷庆瑶的生活，我们不妨设想把自己的双臂紧紧地贴身捆住。当然没有必要捆得太紧，只要是让你的双臂不能动。让我们试着体会一下没有双臂的感觉。

你会发现，除了呼吸，呼喊，着急，沮丧，你什么也做不了。

比如说，你甚至不能站起来，如果你躺着的话。

即使在别人的帮助下站起来，你走路也会失去平衡，只能小心翼翼地走，一不小心就会摔倒。

更不用说是做其他事情了。

所以，雷庆瑶重生的第一步，就是要学会自己站起来。

对于雷庆瑶来说，父母生了她不止一次。把被医生判了死刑的她从死亡线上挽救回来之后，父母亲又开始思考如何让女儿面对人生。第一步，他们鼓励女儿自己站起来。这件对于我们非常容易的事，对没有双臂的小庆瑶却是非常之难。她只能在床上、地上打滚，一次次的失败，摔得鼻青脸肿、浑身是土，却无法让自己的上身脱离地球的吸引力。这时，一向对她呵护有加的父母亲却袖手旁观，除了一次次的鼓励之外，绝不来扶她一把。父母亲告诉她，虽然他们愿意照顾她一辈子，但是，以后她的人生还是要靠她自己。“如果你连站都不能做到，今后还能做什么呢？”

相反，父母亲做的，是按住她的腿协助她练习仰卧起坐，因为只有腹部的肌肉有足够的力量，人才能不靠双臂的帮助而站起来。一次次的练习是劳累而痛苦的，以至于床单都磨烂了。

终于，小庆瑶能够自己站起来了，能自己从床上下到地面。因为没有双臂，她走路摇摇晃晃，找不到平衡，而且经常摔跤，摔得鼻青脸肿的，如果摔倒在石头上，甚至会流血。而这时，妈妈无论多么心疼女儿，却仍然“狠心地”命令女儿自己站起来。妈妈说，如果我扶起你一次，你可能就永远也站不起来了。

用脚写字，走出人生的第二步

站起来、会走路之后，小庆瑶的天地骤然大了许多。她可以与小朋友们一块在村里村外玩儿，尽管时不时地跌个跟头，引得小伙伴们哈哈大笑。日子飞快地过去了，小伙伴们一个个背起书包进了学校，小庆瑶也想上学，可是父母亲却像是根本没有发现她的心思。这天，她终于忍不住对父母说：我也要上学。

可是爸爸妈妈却说：你不能去。

为什么？

因为你没有办法写字。

小庆瑶愣了。是呀，自己没有双手，怎么写字呢？

小伙伴们上学后，小庆瑶渐渐发现自己陷入孤立。还有，如果爸爸妈妈不在身边，她几乎完全没有办法去做自己想做的事情，比如拿什么、吃什么、甚至喝水。一直无忧无虑的她开始意识到自己与别人不一样。直到这时，爸爸妈妈才对她说，虽然你现在和别人不一样，但是你也要振作起来。我们不能永远这样照顾你。将来我们肯定会死的，如果我们死了以后，你怎么办？父母亲让她自己慢慢学着想办法去解决这件事情。于是，小庆瑶想到的第一件事就是学着写字。没有手，还有嘴，她试着用嘴咬着笔写字。累得牙很疼。口水流下来，弄得纸很脏。而且距离太近，对眼睛也不好。然后就改用脚来写字。用脚比用嘴更难。脚根本不听使唤。光是夹住笔就练习了许多许多天。妈妈在地上铺满了纸，把笔斜放到墙角上，让女儿用脚去夹。脚一碰，笔就跑掉了。看到女儿实在夹不起来，妈妈就握着笔，把女儿的脚趾掰开，把笔放在女儿的脚趾里，握住女儿的脚，让女儿体会写字的感觉。就这样写啊、写啊、写啊，冬天，小庆瑶的脚裂了，生了冻疮，很疼，没法写字。妈妈就每天烧一盆水为女儿烫脚。烫完了接着练。

在爸妈的鼓励和照顾下，小庆瑶终于学会了用脚写字，为了能让她上学，爸妈对学校说了无数的好话，学校才答应让庆瑶到学校试一试。爸爸把家里的一张小方桌的腿锯短，背着小方桌送庆瑶到学校，因为只有在矮的桌子上庆瑶才能用脚写字。因为不能自己上厕所，庆瑶就憋到中午回家在妈妈的帮助下解决。幸好学校离家近，十分钟就能到家。

当她能在课堂上做笔记、能完成作业时，她感到特别的自豪。

飞起来的感觉：骑上自行车的一刹那

如果说，能自己站起来是雷庆瑶重生后的第一步，那么，学会用脚写字进入学校则为她今后的腾飞插上了翅膀。人的进取之心是永远也不会满足的。正是永不满足的进取心使人类不断超越自我、不断超越前人。小庆瑶入学之后，看到其他小朋友都在学自行车，学会之后骑着自行车上学，特别风光，她非常眼红，就提出学骑自行车，她的理由是，她很快就要到另一个学校去读书，那个学校远，父母亲不可能再接送她。

然而这一次，父母亲没有支持她，相反却制止她，他们觉得这太危险，也是根本不可能的。自幼好强的庆瑶却示威似地对爸妈说：我一定要学会给你们看！

认准了的事，小庆瑶是不会回头的。她把自行车用肩头扛起来，倚在小树上，自己跨上去。一次次摔下来，再跨上去。两天之后，就能“骑”了。只不过一会儿撞到树上、一会掉到沟里，摔得满头都是疙瘩。每次回家爸妈都特别心疼，说你不要学了，你肯定学不会的，人家邻居家的小孩（好胳膊好腿的）都还没学会呢！又过了三天，小庆瑶高高兴兴地告诉父母亲：我学会骑自行车了！父母亲瞪大眼睛，都不相信。小庆瑶就让他们观摩。看到没有双臂的女儿骑着自行车飞跑，父母亲非常吃惊，当然，更多的是惊喜和感动。

而自行车上的小庆瑶，则有一种飞起来的感觉。

像鱼儿一样在水中自由地游

让我们略过一些琐碎的日子，直接说雷庆瑶学习游泳的事。

在此之前，雷庆瑶曾练习过一阵短跑和跳远，但是没有出成绩。

后来教练建议她练习游泳。和学自行车一样，学游泳也遭到了父母亲的激烈反对。但是雷庆瑶铁了心要在暑假中学会游泳。其实雷庆瑶从小什么也不怕，就怕水，至少有三次，她掉进水里，差点淹死。如果不是那个教练像父母亲逼她自己站起来那样逼她学游泳，恐怕她到现在见了水还害怕。

那天，换好游泳衣后，雷庆瑶在水池边踌躇、害怕，冷不防教练一脚就把她踹下去了。她本能地扑腾着，喝了几口水。教练看她实在上不来，才拉她上岸。然后对她说：水就是这么回事，你自己练吧，三天后如果还游不起来，后果你自己明白。

其实不用教练“激将”，雷庆瑶早就憋着一口气要学会游泳。她定定神，走到水中，从浅水区开始，一点点寻找感觉，渐渐能飘起来了。按照教练说的夹动双腿，居然可以前进了！啊！这就是游泳！不到三天，她就能在水中游泳了，尽管姿势很不规范。她的体会很简单：只要你放松，就能在水中浮起来。

目前，雷庆瑶的游泳成绩是同级别的全国第四名。

面对她，我们不能仅仅是感动

看过电影《隐形的翅膀》的人，都会被感动。其实，电影里就是雷庆瑶自己演自己。电影《隐形的翅膀》不但在国内得奖，还获得印度国际儿童电影节的金奖。17岁的雷庆瑶也因成功出演电影《隐形的翅膀》女主角，获2007年华表奖优秀儿童女演员奖。

生活中（也是电影中），没有双臂的

雷庆瑶不仅学会了用脚写字，而且学会了用脚穿衣，用脚刷牙，用脚吃饭、用脚化妆（只是不能画眼线），她还能熟练地用脚发手机短信，最高的纪录是三天发出一千多条，直至手机欠费停机。她能熟练地用双脚打字、上网、还开了自己的博客呢……最让人感到不可思议的是，从11岁起，她就能够熟练地双脚配合，一只脚夹住针，一只脚夹住线，自己穿针引线，缝补衣裤……

雷庆瑶说，她的理想就是考上大学和参加2008年北京残奥会，夺得金牌。

没有双臂的她用自己的双脚代替了双手，做到了我们所能做到的一切；没有双臂的她还给自己插上了一双隐形的翅膀，我们没做到的一些事情，她也做到了。

面对这位年轻漂亮充满活力的维纳斯，面对这位名副其实的美人鱼，我们除了感动和赞叹之外，还应当想点什么？做点什么？

相信每个人都会有不同的答案。让我们与雷庆瑶一起唱她最喜欢唱的歌《隐形的翅膀》，在歌声中像她一样坚强、奋发：

每一次　都在徘徊孤单中坚强
每一次　就算很受伤也不闪泪光
我知道　我一直有双隐形的翅膀
带我飞　飞过绝望
不去想　他们拥有美丽的太阳
我看见　每天的夕阳　也会有变化
我知道　我一直有双隐形的翅膀
带我飞　给我希望
……

感悟与思考

雷庆瑶，一个无臂姑娘演绎了一段人间传奇，她的事迹带给我们的不仅仅是感动和赞叹，更重要的是深深的思索。在雷庆瑶的身上我们看到了人生必备的两个品质散发出的光辉：自理、自立。这正是她的父母从小注重培养和培训的结果。

孩子必须学会自立。不少家长，每时每刻都在竭尽全力呵护孩子，不允许孩子干这干那。孩子就像温室中娇嫩的花朵，缺少风吹雨打的考验，心理承受能力相对脆弱，一旦遇到困难和挫折，就显得无所适从、失去信心，产生否定自我、否定他人、甚至否定社会的消极情绪。育人的实践告诉我们，父母包办代替过多，往往会抑制孩子某些能力的发展，阻碍孩子的成长。在教给孩子生活自理常识的同时，还要教给他们做人的道理，引导他们明辨是非，认识生活的真谛。要善于发现孩子的优点，及时勉励，增强孩子的自尊心和自信心，提高他们完善自我的欲望。在孩子遭遇挫折时，要帮助他们找原因，给他们以支持和勇气，让他们有足够的理智和胆气感受挫折，战胜挫折。教育孩子乐观地对待每一次得失成败，以“胜败乃兵家常事”的豁达态度去对待生活中的暂时失败。只要有了乐观的态度，有了奋起直追的激情，就会增强战胜困难的信心。同时，我们还要帮助孩子有勇气去面对、去接受生活中的一切挫折、困难、失败和逆境，并通过努力去战胜它们。

好多时候，我们常常看到：一个宝宝不小心摔倒了，趴在地上哇哇直哭，这时候，总有一个大人跑过来，边扶边哄：“都是地面不好，我打它！”在这样的教育情境下，会形成孩子的什么心理呢？

笑对人生

一场大火把三岁的儿子烧成了“木炭”。面对绝望的丈夫，妻子坚决不放弃，在挽救了儿子的生命之后，又狠下心让儿子练习站起来、并且练习走路。在妈妈的激励下，儿子终于敢于面对人生，他像正常孩子一样上学，用残疾的双手抱着笔走进了考场……

我理解大家接受我需要有一个过程

《天下父母》栏目组的创作人员在讨论节目时经常发生争论。可这一次争论的不是节目内容和情节安排，而是主人公上不上场和如何上场。因为，主人公之一蔡振国小时候被一场火灾烧成残疾，不但两手残缺变形，而且面部严重毁容，两腿弯曲成90度不能伸开……然而就是这样一个重度残疾儿童，在妈妈的鼓励和训练下，自强不息，不但上了学，而且取得了一系列的好成绩：他以全镇第一名的成绩考上高中；获得第14届全国数学邀请赛铜牌；是2005年省级三好学生……健全孩子能做到的他做到了，一些健全孩子做不到的事他也做到了。十七年来，围绕着他，全家发生了许多非常感人的故事，作为当事人的蔡振国如果不上场，那么节目肯定要逊色不少；如果上场，又恐怕观众接受不了严重毁容的他。经过反复争论，最后决定，在征得蔡振国本人同意的前提下，让他在屏风后面与主持人对话。对此，蔡振国表示理解："我有走到台前的冲动，但没有失落的感觉。我理解大家接受我需要有一个过程……"

十七年前那场火，把三岁的振国烧成一节木炭

1988年5月17日，是肥城市安站镇冯杭村田秀英一家永世难忘的日子。那天田秀英做好了晚饭，一家人正准备吃晚饭，突然听到别人的惊呼和儿子振国的惨叫。振国原来是在外面玩的，田秀英的第一反应是振国不小心掉进水沟里了。可当她和丈夫循声跑去时，才发现厨房着火了，振国正在烈火中挣扎哭叫……天知道振国是何时溜进厨房并且使余烬未尽的麦草点燃了其他柴

草！田秀英和丈夫发疯似的抱起3岁的儿子向当地的卫生院跑去。面对被烧伤的孩子，医生们惊呆了：头发被烧光，面部皮开肉绽模糊不清，脖子与肩粘在一起，四肢蜷缩，全身僵硬，两只小手和小腿乌黑，呼吸十分微弱，俨然成了一块“大木炭”。当地医院救治不了，一级一级往上转，一直转到省城济南的省立医院。满脸泪水，伤心欲绝的田秀英扑通一声跪倒在地，拉着医生的手恳求：“求求你一定要救救俺啊！”

手术进行得还算顺利，但振国生命的烛光十分微弱，病情不断出现反复，有一天竟停止过21次呼吸。每次出现这种情况，都要进行手术。积蓄花光了，父老乡亲东拼西凑的6000多元钱又很快用完了，可病情还没有好转。

无奈，田秀英只好一个人在医院里照看孩子，让丈夫蔡向坤回家借钱。

她狠狠地甩了丈夫两个耳光，然后躲在垃圾箱后放声大哭

丈夫回来了。

田秀英是在医院大门口的台阶上等到丈夫的。丈夫两手空空，表情呆滞，还未张口已经泪流满脸。丈夫说自己回村借钱没借到，想想孩子的惨状，觉得一点出路也没有了，就想上吊。他拴好绳子，就在把脖子往里套时，被一位邻居发现，冲了。说着，丈夫扑通一下跪在了妻子的面前：“秀英，我还是死了算了，我实在没办法再弄钱了。”

听了这话，一时性起的田秀英拎着丈夫的领子把丈夫掩起来，抡起胳膊打了丈夫两个耳光，“你死了，我们娘俩怎么办？只要孩子还有一点希望，我就决不放弃！”

看着丈夫羞愧的脸，面对周围人们惊愕的目光，田秀英强忍

泪水，扭脸走开了。她来到墙角一个垃圾箱后，看看四下无人，再也忍不住心中的委屈，就放开嗓子哭了个痛快。有人以为她哭是因为丈夫没借到钱，实际上她哭是因为丈夫居然一时想不开要寻短见。她边哭边想，儿子生死难料，家中一贫如洗，女儿才一岁，丈夫又是这个状态，怎么办？左想右想想不出办法。但最起码有一条，得先让丈夫打消轻生的念头。这样一想，她又着急起来，自己只顾在这儿哭得痛快，万一丈夫有个三长两短……她不敢想下去，三步并作两步回到病房，见丈夫还在那儿，竟像是拣了个宝贝似的喜悦，她顾不得害羞，当着许多人的面就把丈夫搂在怀里，哭着说："你不能死！你不能撇下我！不能撇下孩子！我虽然年轻，而且长得也很漂亮，但咱们家背了两万元的债，女儿才一岁多，儿子又烧成这样，没有人会娶我，你放心，我也不会丢下你们走掉。希望你为了我和孩子能活下来！"

丈夫也抱住她放声大哭，说：我不死了我不死了。我和你好好过！

也许是她的真情感动了上天，孩子的病情开始有了明显好转。经过82天的治疗，花光了东拼西凑来的3万多元钱，小振国出院了，却留下了严重的后遗症：面部极度变形，由于全身皮肤和肌肉收缩，原本蹦蹦跳跳的孩子只能蜷缩着四肢躺在床上。

为了孩子，这个狠心的妈我当定了

由于没有钱继续治疗，田秀英只好把还没有治好的振国抱回了家。孩子整天蜷在床上，两条腿弯成直角，一动也不能动。有一次田秀英的母亲来看女儿，看到外孙瘫在床上，不由得暗暗落泪，当妈的心疼女儿，劝田秀英说："这孩子就算是能活，长大了也是个废人，你说他能干什么？什么也干不了，就是要饭也出不去门。你还是另打谱吧。”母亲的话像针一样扎在田秀英的心上，但仔细一想，母亲说的也不是没有道理，如果就这样下去，振国真的会成为一个什么也干不了的废人。要想成为有用的人，振国不能靠力气，但孩子的智力没有问题，教他说话、数数都学得挺快。她突然灵光一闪，如果孩子能上学、特别是能考上大学，那就能自立了！她越想越兴奋，孩子将来是成为一个要饭的还是成为一个大学生那可是截然不同的两码事。但转眼一看孩子，她的心又凉了：要想成为有用的人，首先得站起来，要站起来，首先得伸直腿。孩子的腿一动就痛，动都不敢动，猴年马月才能伸开？不行，不能这么一天天一月月地等！得想办法！她跑到医院问，大夫说：可以用松紧带把腿紧紧地绑起来，用力拉开，这样锻炼久了，孩子的腿也许可以伸开。

听了这话，田秀英如获至宝，立即购买了松紧带，回家给振国绑腿。不绑不知道厉害，一绑，振国的两条腿鲜血直流，那时正是三伏天，热浪逼人，小振国因全身多处植皮，排汗有困难，而且非常敏感，一碰就感到疼，当田秀英用松紧带往小振国身上裹时，血水和脓水直往外流，疼得小振国拼命挣扎，撕心裂肺的哭声像是在从田秀英的身上一块一块往下割肉一样，田秀英咬着牙硬是一圈一圈地把孩子的四肢裹了起来。可是当她用围巾吊起孩子来放到地上时，孩子不仅疼痛难忍，而且四肢根本用不上劲，只是一动不动地趴在地上大哭。田秀英一边忍着眼泪，一边扳住他的脚，一步、两步、三步地向前挪。一天下来，田秀英累得直不起腰来，再看看孩子，两条腿上的松紧带已经被血水、汗水、脓水浸透了。看着孩子痛苦的表情，她只能在心里流泪：“儿呀！别嫌妈狠，为了让你站起来，妈只能这么做啊。”

每天，田秀英就这样咬着牙在儿子的哭喊声中训练儿子“站”和“走”，转眼就是一年，儿子的脚尖可以着地了。

这天田秀英去赶集回来,发现邻居给儿子把松紧带解开了,还指责她说:"你们怎么这么狠心?孩子整天痛得吱吱叫,我们听了都不忍心!"从来没和邻居红过脸的她,这次忍不住与邻居争执了几句,但回到家,田秀英也有些心软,就没再给儿子绑上,结果只过了一个晚上,儿子的腿又变成弯曲的,伸不开了。她立即意识到自己的所谓心疼孩子实际上是害孩子。她大声对孩子说:"你想和其他孩子一样能跑出去玩吗?松紧带就得天天裹在身上!"田秀英没想到,年幼的振国似乎听懂了她的话,竟然眼含泪水,使劲点了点头,就在那一瞬间,田秀英感到儿子懂事了,而她却使劲扭过头去,再也忍不住的泪水夺眶而出……

儿子的双腿又绑上了,鲜血立刻渗透了厚厚的松紧带……

经过5年的努力,蔡振国终于在8岁那一年站起来了!望着踉踉跄跄站不稳的孩子,悲喜交加的田秀英觉得自己这个狠心的娘当对了。

如今,说起当时的感觉,蔡振国说:那个痛今天说不出来。但如果不伸开腿,爬也没法爬,更甭说是站起来。

让自己身影永远在儿子的视线之内

儿子有病,不能动,做妈的心中难受,但做妈的更得理解儿子的心。随着年龄渐长,儿子也变得越来越敏感。有一天,田秀英的母亲说,她到集上去,看到一个被遗弃的孩子,而这个孩子本身没什么大的毛病,只是因为眼皮长一点儿。说到这儿,床上的振国突然哭了起来,而且越哭越厉害,他抽搐着说:"姥姥,你不要再与我妈说了,你再说什么俺妈也不会扔掉我!"此言一出,姥姥和妈妈都愣住了。田秀英这才明白儿子总怕妈妈扔掉他，为了打消儿子的疑虑，她就注意永远让自己在儿子的视线内，让儿子相信他永远不会被抛弃。如果到村头去推碾，她就抱着儿子去，让儿子在一边坐着看她推。如果在院里干活儿子看不见自己，就不断地与儿子说话。她对儿子说得最多的是长大要上学，要好好学习，要考上北大和清华！

随着年龄的增长，蔡振国烧伤后留下的残疾越来越严重，两只小手畸形发育，本该扁平的手掌鼓成了两个小拳头，十个长度不到普通人一半的手指蜷缩在“小拳头”上，更可怕的是，脖子下面长出的一块肉皮牵拉着头部，不光使振国的头抬不起来，也拉得本来就满是疤痕的脸上五官都变了型。这样一副模样的振国走到哪里都会引来人们惊讶的目光，甚至还把小孩子给吓哭过。

面对这一切，田秀英没有悲观。她对丈夫说：“笑也是活着，哭也是活着，咱振国已经是这样了，整天愁眉苦脸有什么用？咱得笑着过日子，给孩子做出个样子，让他面对现实，做个堂堂正正的人。”

为了让一家人欢欢乐乐地过日子，也为了让振国从小有一个良好的家庭生活环境，田秀英想尽了千方百计。从1989年到1992年的五年里，田秀英家里连冬天取暖烤火的炉子都点不起，更没有买过一两肉。大年夜，当别人都在欢欢喜喜过大年的时候，田秀英就和丈夫、儿子、女儿坐在被窝里讲笑话，做游戏，一家人乐呵呵的，就算是过了年。后来生活稍稍有了好转，田秀英就给丈夫和孩子花最少的钱买上整洁干净的新衣服，自己则每年都买上一个廉价的头花戴上，让自己和孩子走到哪里都精精神神的，不比任何正常人家的孩子差。

看着孩子一天天在长大，田秀英也在心里犯愁。难道就让孩子这样天天呆在家里吗？儿子相貌丑陋，怕见人，别人也怕见他，这怎么行？不行！田秀英下定决心，一定要让孩子以正常的心态面对世界，否则想去读书学习就只能是空想！她对振国说：

“儿啊，你虽然脸烧伤了，手残废了，但是还有脑子，你要靠你的脑子上学学本事，只要你好好学习，你不光不会成为乞丐，而且也一样能当上状元。”

振国13岁前没出过村。13岁那年，振国要到离家三里外的学校去上初中了。为了让他适应更多的人们的异样眼光，临上学前，田秀英决定带着孩子到15公里外的安庄镇去赶物资交流会。但丈夫不同意。因为那年肥城市举办桃花节，父母觉得儿子这么大了没出过门，这次是在家门口，就鼓起勇气带振国去看，不想到了那儿，人们都不看桃花了，而是看振国，里三层外三层围得水泄不通，他们一家人走都走不动了。想起这事，当父亲的心里就来气，他心疼儿子，也觉得丢尽了全家人的面子。田秀英当然不会忘记这事，但她说：“不出去，以后怎么上学？怎么做事？怎么自立？咱们还能养活他一辈子？”

说服了丈夫，一家人有说有笑地来到了集上。一路上振国到处都觉得很新鲜，外面的风景很精彩，同时也很无奈——到了集上，果然有很多人围观。振国微笑着小声对妈妈说：“妈，咱们权当没看到他们，咱玩咱的。外面这么好呀！”这一天，振国玩得很高兴。外面的精彩远超过围观者带给他的压力。母亲田秀英更高兴。他知道，儿子这是迈过了一道坎儿！

别说上镇里，
让俺的孩子到北京参加比赛俺也去

1994年，终于站起来并且会走了的振国走进了学校。

当然，这是田秀英私下里找校长做了工作。她告诉校长，儿子虽然残疾，但不缺乏好学上进之心。为了学习写字，她找木匠给儿子安了一双木手用来写字。后来又与儿子一道，琢磨出用两

只残手“抱”住笔写字。儿子还会背古诗呢。妈妈的爱心感动了校长，振国才得以走进学校。

以上细节，蔡振国是现在才刚刚知道。

振国上学了。他面临着许许多多常人难以想象的困难，无论走到哪里，他那特殊的样子都会成为人们关注的焦点。田秀英这样对振国说：“儿啊，咱长了这个样子，就不能怕别人笑话，关键是咱得拿出好成绩来让每一个知道你的人都认为你能行，你不比别人差。”

振国牢记妈妈的话，把别人讥笑的目光化作学习的动力，很快就在学习中显示了他的优势。第一次考试就得了个全班第一。这一回，连心存疑虑的父亲也说：好，咱儿子有志气！

振国上小学的时候，学校要选派几名数学成绩优秀的学生到镇里去参加数学竞赛。振国的成绩在班里名列前茅，老师征求田秀英的意见，问能不能让振国参加，田秀英爽快地说：“别说上镇里，让俺的孩子到北京参加比赛俺也去。”当田秀英和丈夫带着孩子来到比赛的学校，众多的孩子一下子围了上来，像看外星人一样围着振国叽叽喳喳地议论。田秀英恨不能从人群中拉出孩子飞也似地逃走。但她和丈夫在家里早就商量好了，不管情况怎样都要泰然处之，他们要给孩子做个样子，让孩子逐渐适应这样的场合。于是，一对坚强的父母就那样始终面带微笑的看着自己的孩子在众多惊异的目光下走进比赛的教室……

2002年9月，蔡振国以全镇第一名的成绩考上了省级重点高中——肥城市泰西中学。在入校军训的时候，教官请同学们表演节目，大家因为都比较陌生，谁也不肯上，这时候，蔡振国在同学们惊讶的目光中勇敢地站出来，大声唱了一首《精忠报国》，赢得了军训场上的一片掌声……

老师，请你转告振国三个字，“你能行，”他要说不行就不是我的儿子

振国学习很用功，从上小学到初中每次考试都是全年级第一名。但由于自己的身体比起健全的人来说有太多的缺陷了，振国有时也会陷入自卑的阴影中，2002年夏天参加中考时，有一项技能操作考试，要求学生有灵活的动手能力，正常的学生也很难完成好，更何况他呢？这时振国退缩了，他让老师给妈妈打电话说想放弃，接到电话的田秀英对老师说：“请您转告振国三个字，你能行，他要是说不行，就不是我的儿子。”听了老师的转告，振国红着脸进了考场。

打完电话，田秀英的心一直放不下。儿子能听她的话参加比赛吗？儿子的手是残疾的，能拿住仪器操作吗？傍晚，田秀英一边做饭一边支楞着耳朵，听到儿子唱着歌回来了，她的心才放下。她知道儿子做了实验。至于成绩，她认为不是主要的。

振国带着愧意说：“妈，我考了满分。”

田秀英虽然为孩子考了满分高兴，但她并没有放过教育儿子的机会。她说：“在任何情况下，遇到什么困难都不能放弃，你一定要相信自己，今天如果你放弃，除了后悔，你什么也得不到！”

田秀英虽然只有初中文化，虽然没有学过心理学，但她懂得孩子的心思，懂得怎样鼓励孩子不断地进取。田秀英知道，随着年龄的增长，孩子的自卑心理会越来越重，越是这样，她越是想尽千方百计地鼓励振国，让孩子牢牢地记住这样一句话：“孩子，你一定能行。”

约法三章，蔡振国第一次自己洗衣服

振国升入初中后，虽然学校离家只有三里地，但为了锻炼他独立生活的能力，田秀英不顾老师和家人的反对毅然和丈夫商量决定让孩子住校，并且还“约法三章”：衣服要自己洗；平常没事不能回家；遇到问题自己解决。别人不理解，振国却明白母亲的良苦用心。振国一直记得第一次洗衣服时母亲给他的鼓励，也正是从那时起更加坚定了他生活自理的信心。

那是一个星期六的下午，放学回家的振国试着洗一件衬衣。对于正常人来说极容易的一件事，他干起来却非常艰难。正在这时，田秀英回家了，她看到儿子用畸形的手指“搓洗”着衣服，立即停住脚步，悄悄地退到一个孩子看不到自己的角落，看着儿子洗得那么难，衣服和肥皂一次次地掉进盆里，止不住的眼泪流到了下巴上。她真恨不得夺过来，几下就替儿子洗好。但她抑制住自己的冲动，硬着心肠躲在那儿看。这时，丈夫回来了，她示意丈夫不要出声，陪自己一起偷偷看儿子洗衣服，还叮嘱丈夫，无论儿子洗得怎么样，一定要说儿子洗得很干净。

一件普通人只需要十分钟就能洗好的白衬衣，振国足足用了一个多小时。看到儿子洗完衬衣了，田秀英赶紧跑上前，装出吃惊的样子，提着那件并不是很干净的衣服大声对丈夫说：“快来看，振国洗的衣服多干净啊！”

一天晚上，村里要放电影，这是难得的娱乐机会。田秀英催振国早吃饭，却看见他正在摆弄家里坏了的录音机。一个十几岁的孩子，别说手又有残疾，就是正常人也不一定会修好。田秀英就故意说：“别弄了，你爸都没修好。”说者有心听者更是有意，妈妈的话激起了振国的好胜之心。几次催他吃饭他都说不饿，平日里非常爱看的电影也不去了，一头扎进自己的小屋，就不出来了。直到夜里1点多，睡梦中的田秀英被阵阵音乐声吵醒，她看到儿子听着音乐正狼吞虎咽地吃饭。振国一脸自豪地说："妈，你不是说我修不好吗"？此时田秀英眼睛里闪着激动的泪花："孩子，妈知道你能行……"

一次次的赞许、一次次的鼓励，让小振国理想的翅膀越飞越高，从小学到初中，年年是三好学生，次次考试是班级第一，在当时泰西中学高三年级的1600多人中成绩又稳居前二十左右。

田秀英不仅时刻在锻炼着孩子的意志，还从一点一滴入手教孩子如何做人。从小时候，她就经常给振国讲张海迪、讲朱彦夫，让孩子立志做一个对社会、对他人有用的人，培养了振国健康向上的心理。在学校住校，别人帮助了他，振国总不忘真诚地说声"谢谢"，对生活有困难的同学，他回家告诉妈妈，田秀英征求他的意见怎么办，振国就让妈妈多做一些好吃的或者是多带点零花钱去帮助困难同学。他的同学们不仅不觉得振国的样子可怕，反而都非常喜欢他，敬佩他，去年振国过生日，同学们纷纷给他送来了小礼物，装了满满的两大包。

妈，我写的那篇《笑对人生》，在《中国中学生报》上登出来了

振国以自己的经历写了篇文章，寄到中国中学生报，不久就登出来了，还寄来了稿费，这天放学回家，一进门他就大声喊：

"妈，我写的《笑对人生》那篇文章在《中国中学生报》上登出来了，给我寄来70元的稿费，你拿这钱去买一条裤子吧。"

田秀英抱住儿子，泪水在眼眶里直打转。这是幸福的泪水，欣慰的泪水，心酸的泪水！

是妹妹，更是“姐姐”

在蔡振国成长的路上，还有个人不能不说，这就是他的妹妹。

妹妹比他小一岁。也许是因为成长在特殊的环境中吧，妹妹从小就特别懂事。由于振国八岁时才与三岁的孩子一样高，从外形看，妹妹像“姐姐”，而实际上，妹妹也确实像姐姐一样关心、爱护和帮助振国。兄妹俩一块儿上学，来回的路上，两个人的书包都是妹妹拿，哥哥有什么困难，妹妹第一个冲上前。对于哥哥在如此困难的情况下能学习成绩名列前茅，妹妹表示了由衷的敬佩。

上八年级时，一向学习挺不错的妹妹突然使性子，发赖，坚决不上学了，她咬着牙说自己根本不是上学的料，早就上够了，再多上几年也白搭。哥哥劝她，爸爸妈妈骂她哄她，她却是软硬不吃，就是不上学了，而且自作主张学会理发的手艺开了个理发店。后来全家人才知道，她在打扫卫生时无意中发现了家中的贷款单，原来，为了给哥哥治病，供她和哥哥上学，家里背着八万元的债！于是她坚决不上学了。当记者问她为什么牺牲自己时，她义无反顾地说，我这是为了哥哥的希望，为了支持哥哥奋斗。哥哥只有这一条出路，哥哥是全家人的希望。只要哥哥好，我们全家人就都高兴。

当蔡振国明白妹妹是为他而辍学时，坚强的他再也止不住泪水……

宣传部副部长流着泪看节目，坚强的母亲为什么痛哭失声

田秀英和她的残疾儿子的故事感染、打动了社会上每一个了解关心他们的人。2004年春，肥城市在精神文明建设中开展鲜花送群众活动。有关部门从学校上报的材料中发现了田秀英全家的事迹。电视台播放这条新闻时，宣传部副部长王霞正在家休息，她被田秀英一家的事迹深深地感动了，一边听一边流泪。看完电视，当即骑上自行车赶到电视台，进一步了解了田秀英家的事，并亲自到田秀英家进行了考察和慰问，她发现，尽管遭受了这么大的灾难，尽管家中有这样一个严重残疾而且毁容的儿子，但这个家庭却是一个非常正常的家庭，全家人对生活对未来充满了希望，每一个人都生活在憧憬和希望中，从来没有被苦难压倒过。在这样艰难困苦的条件下，全家人能坚强自信、笑对人生。特别是田秀英，一个没有多少文化的农村妇女，能这样顽强地支撑起这个家，并训练和教育残疾儿子成长到今天，用伟大来评价她也一点儿都不过分。了解越深入，王霞越受感动。她积极向上级反映，争取到了支持，在宣传部的联系下，当地一家医院表示愿意免费为蔡振国做第一期的功能恢复手术，即使蔡振国的脸与胸分离。

2004年8月，接到宣传部的通知让儿子到医院做手术时，田秀英跑到野外放声大哭。村里的人都很奇怪，问：那么难的日子都过来了，我们从来没见你哭过，今天你是怎么了？田秀英抽抽答答地说：我这是太高兴了。

肥城市的领导很重视这件事。经过周密安排，手术实施时进行了同步直播。市领导们都观看了直播。手术进行得很成功，一共缝了200多针。振国被牵拉了十几年的脖子终于抬起

来了，部分影响功能的疤痕粘连也得到解决。蔡振国终于可以端端正正地抬起头、仰起脸了。

最喜欢的歌是《好男儿》，再大的困难也能笑着面对

眼下蔡振国这位身残志坚的优秀青年正在发愤读书，立志考上重点名牌大学，像张海迪、朱彦夫一样，做一位对社会、对国家有用的栋梁之才。

蔡振国最喜欢唱的歌是《好男儿》，并应主持人的要求，现场演唱了这首歌。他是在屏幕后唱的，声音铿锵有力，字正腔圆，完全听不出身体有什么残疾。在观众的一再要求和雷鸣般的掌声中，蔡振国从幕后走到了台前。面对观众，他非常自信、自如。他说，我最大的成功就是坚信自己并努力去做。说到家庭，他说：我的父母在对待挫折和困难方面比别的父母做得好，使得我们家庭很幸福。而且，将来再有多大的困难也能笑着面对。

还有半个月就高考了。目前蔡振国正在全力以赴，进行最后一搏。同时他也说，任何有利的结果和不利的可能他都考虑到了。自己要做的，是首先考出理想的成绩。他的理想是清华大学生物学专业。他要研究出一种治疗顽症的药品，造福于天下的残疾人。当然，他也可能被拒收。他说，事实上不可能一切都完全如意。不管出现什么结局我都会坦然面对。如果有一所大学肯接受我，我要为接受我的大学而奋斗，为接受我的大学争光，让这家接受我的大学觉得接受我是值得的！

蜕变

——《爱心无价》特写

《爱心无价》是《笑对人生》的续集。7月10日，山东电视台《天下父母》第47期节目《笑对人生》的播出在社会上引起了强烈反响。故事从17年前一场意外的火灾开始。3岁的蔡振国被烧成了一节“木炭”，为了让儿子站起来，为了让毁容的儿子勇敢面对世界，面对人生，母亲田秀英鼓励儿子克服了无数难以想象的困难，使手、脸、身多处残疾的振国顺利读完高中，并参加了高考。尽管由于双手残疾，影响了他答卷的速度，他仍然考出了604分的好成绩。但是，就在分数公布之后，他们全家又陷入了新的困惑之中……

等待大学录取通知——度日如年

是的，在学着站起来、学着走路和读小学、初中、高中的过程中，妈妈和蔡振国也经历了许许多多的困难和痛苦。但是他们义无反顾。因为他们有一个坚定的目标，那就是身残志坚，考上大学，做一个对社会有用的人。对于一个人、特别是男人来说，有目标就有动力、就有激情，任何困难都不在话下，总之，有目标就有一切。

可是，当一切努力都做过，命运再次掌握在别人手中时，也就是说，目标就在眼前了，你却不能靠自己的力量向前迈出最后一步，而如果这一步迈不过去，一切的努力都将付诸东流，特别是对于蔡振国来说。

当自己奋斗时，可以不管别人以什么样的眼光来看待，可是，当面临别人的选择时，别人怎么看待自己就至关重要了！

毕竟自己相貌非常的丑陋，丑陋到无论走到哪里都引起围观，以至影响交通；甚至有吓哭过小孩的记录！

毕竟自己的右臂伸不直且双手残疾，要双手合抱着笔才能写字！

这一切，不能不影响大学录取蔡振国的决心，所以蔡家陷入新的困惑之中。连坚强的母亲都撑不住了，蔡振国两次陪着母亲走进医院挂吊瓶。进出医院，人们都以惊讶的目光看着他……

对于他们一家来说，那真是度日如年啊。

接到南方医院的电话，妈妈高兴得跳了起来

然而他们不知道，社会依然关心着他们，一份更大的关爱正在悄悄酝酿、形成……

就在《笑对人生》播出的第二天，《天下父母》栏目制片人吕明晰和蔡振国的妈妈田秀英分别接到了广州同和南方医院整形外科高建华主任的电话，她在电话里说，很偶然地，她从山东卫视《天下父母》中收看到了《笑对人生》这个节目，被蔡振国和妈妈的精神所感动，愿意为振国进行整容。听到这个消息，田秀英高兴得跳了起来，她搂着儿子说："振国呀，又来了一个好消息！"

而此刻，吕明晰正在北京录制下一个月的节目。接到电话，他也非常激动。《天下父母》开播一年来，作为制片人，他在繁忙之中还经历着情感上的折磨。几乎每一期节目都是那样的感动人，从选题到制作到审片，他几乎是日日"以泪洗面"，许多节目播出后都引起强烈反响，人们称赞这档节目对于弘扬中华民族的优良传统、在人间传播真情真爱、教育青少年尊重和孝敬父母、帮助父母提高自身素质，具有不可替代的作用。蔡振国的事迹也令他十分感动，但因为振国相貌太丑陋，节目是让振国在屏风后做的。对此，他心中一直有一个解不开的结：这么好的孩子，将来如何面对社会？如何走好未来的路？现在，南方医院伸出了援助之手，他十分高兴。他立刻把电话打回济南，叫有关人员把节目光盘快递到广州。只隔了一夜，高建华主任就拿到了节目光盘。医院领导集体观看了节目，被节目深深打动，当即决定，免费为蔡振国进行整容手术！

从接到电话到启程的一周，用"坐立不安"来形容振国应当不过分。毕竟，对于他来说，这是人生的一大转折。以他家中的经济情况，要进行这样的手术是不可想象的。而以他的相貌，尽管他自己可以坦然地面对社会，而社会要坦然地接受他，确实还是很有难度啊。从这个意义上说，整容的意义一点儿也不亚于上大学。

等待拆包
——蔡振国七天七夜没合眼，
妈妈喜极而泣：俺又看到了振国小时候的模样

7月20日，蔡振国与父母亲一起从济南飞机场登上了飞往广州的飞机。陪同他们一起前往的有山东电视台和《都市女报》的记者，还有肥城市委宣传部的领导，队伍十分庞大！

由于飞机晚点五个多小时，到达广州已是深夜，而南方医院的领导和专家还等在那里，他们连夜为蔡振国进行检查，并开会制定手术方案。振国残疾得太严重了，有11处需要手术，考虑到他的承受能力和手术可能，本着尽可能多做、兼顾面貌与功能恢复的原则，确定了5处手术。为此，有三组医护人员同时为他动手术。手术进行得非常顺利。但再顺利的手术，麻药过后也会疼痛。一方面是痛，一方面是猜测自己面貌恢复的程度，同时遐思今后人生之路，七天七夜，蔡振国居然没能合眼！打开包扎的纱布的时刻来到了，医生们惊喜地发现，所有的植皮都成活了！手术获得了完全的成功，田秀英喜极而泣，说："俺又看到了振国小时候的模样！"蔡振国则急不可耐地要过镜子，仔细地端详着自己，是的，他有些认不出自己了……

大学校长把录取通知送到家，
全村比过春节还热闹。
妈妈说：十七年了，
俺天天为这个通知流泪……

喜事连连。蔡振国一家从广州回到家的第二天，山东轻工业学院的校长就把入学通知亲自送来了。这一下，全村都轰动了。

本来，振国一家坐飞机去广州就已经是天大的新闻了，人们正惦记着要来看看这孩子整容整得怎么样呢，大学校长又亲自来送通知书！山东电视台、《都市女报》、当地电视台、电台和报社的记者也都来了，光是摄像机和照相机就三四十部。蔡家贴了大红的对联，村里敲起了锣鼓，放起了鞭炮，全村人都来祝贺，道喜，比过春节还热闹。原来，获悉山东电视台为蔡振国一家做节目的消息后，济南《都市女报》派出首席记者对他们的事迹进行了跟踪报道，山东轻工业学院被其事迹感动，决定录取蔡振国为该校生物工程学院2005届新生。捧着大红的入学通知书，田秀英再一次哭了，她说："为这张通知书，我们全家努力了十七年，盼了十七年！天天为这张通知流泪……"话没说完，她已经哭得不成样子，丈夫、女儿和振国也都激动地哭了，全家人抱头哭成一团……

看到这一切，也许是激动，也许是为蔡家高兴，村里许多人都流下了热泪。

我要为妈妈写一本书：《永不放弃》；我要在生物工程方面有所成就，为人类做出贡献

当笔者写这篇文章时，蔡振国正身穿迷彩服参加开学后的军训。他说："选择了轻工学院就是选择了希望、选择了辉煌。生物工程是我理想的志愿。我一定勤奋学习，早日成才，在生物工程方面有所成就，为更多像我这样的残疾人解除痛苦，对人类做出贡献。"

他还说，他要写一本书，献给妈妈和所有关心爱护他的人，书名就是《永不放弃》。面对源源不断的社会捐助，他说：我已经够幸运的了，一场由肥城市委、市政府、山东电视台、《都市女报》、南方医院、山东轻工业学院和社会各界组成的爱心大接力，让我改变了容貌也改变了人生，走进了大学校园。我今后的路尽管还很长、还会有许多困难，但我应当靠自己来走好，我自己也能走好。我希望这些钱用来资助更困难的人。

后记：近日，我们得到好消息，正在山东轻工业学院读大学四年级的蔡振国，顺利通过了研究生考试。

进入大学后，蔡振国克服伤残带来的困难，不但生活完全自理，还热情帮助同学，做志愿者，通过电话等方式帮助同学解开心中的疙瘩。因为学习优秀，他多次得到奖学金。2009 年 1 月，蔡振国参加了北京师范大学教育学院教育经济与管理专业研究生考试，并顺利通过考试。

感悟与思考

《发现母亲》一书的作者王东华说:“天下只有不是的父母,没有不是的孩子。孩子是父母的作品,字写得不好不能怪纸笔,孩子没教育好不能怪孩子。要想孩子伟大,父母必须先伟大。父母能走多远,孩子就能走多远。”

故事中蔡振国的妈妈是充满智慧的。在蔡振国因为一次不幸,被严重烧伤以后,坚强的妈妈没有放弃,这是她的大智慧;从长远的角度帮助孩子设想未来,说明妈妈具有智慧;为了孩子能够早日站起来,妈妈忍受了别人不能忍受的痛苦和压力,这是妈妈的智慧;能够及时了解孩子的心理波动,调整儿子的心态,这是做妈妈的智慧;能够帮助孩子坚强地面对外界的压力,这是她的智慧;为了让孩子能够更快地独立生活,妈妈约法三章,要求蔡振国自己洗衣服,并且能够在孩子完成后,对孩子的坚持给予充分的肯定,激励他的韧性,这是妈妈的智慧;为了激起孩子的好胜心,能够让孩子在无形中与正常人进行比赛,并最终取得成功,这是妈妈的智慧;能够始终教育孩子笑对人生,也是妈妈的智慧。可以说,在蔡妈妈对蔡振国的教育中,无时无处不充满着智慧的火花。

智慧型父母应善于通过言传身教,把理性的教化、爱的滋润、美的熏陶有机地融为一体,倾注到孩子的成长过程中,指导孩子在做事中开智明理,让孩子体会到爱的滋润和美的熏陶。要重视给孩子一个充分展现自我的空间,鼓励孩子自信,相信孩子之间只有个体差异,没有好坏之别。要把孩子的梦想当作令人欣赏的志向,当作经过努力可以实现的梦,鼓励孩子要大胆尝试。只要孩子去做,父母都应该说:“好,非常好。”因为,孩子只有能在无限的空间充满信心,长大后才能在无限的空间实现飞跃。一个连自己的能力都不相信的人,又怎能借助别人的力量来推动自己进步呢?

我国著名学者于光远说过:“当父母不容易,当好父母更不容易,当父母有当父母的学问。”的确如此,父母生下一个孩子就等于给自己提出了一系列需要终身回答的问题:大至教育目标的确定,小到教育方式方法的策划……家长要答好教育孩子这张答卷,没有过硬的功夫是不行的。家长的自身基本素质如何,对子女的成人成才起着重要的影响作用,这往往关系到孩子的一生。